KB207436

懺悔錄

파란 녹이 낀 구리거울속에
내 얼골이 남어있는것은
어느 王朝의 遺物이기에
이다지도 욕될가

나는 나의 懺悔의글을 한줄에 주리자
— 滿二十四年一個月을

내일에나 모레나 그 어느 즐거운 날에

나는 또 한 줄의 懺悔錄을 써야 한다.

一 그 때 그 젊은 나이에
웨 그런 부끄런 告白을 했든가

밤이면 밤마다 나의 거울을

손바닥으로 발바닥으로 닦어 보자.

그러면 어느 隕石 밑으로 홀로 거러가는

슬픈 사람의 뒷모양이
거울 속에 나타나 온다.

一月 二十四日.

하늘과 바람과 별과 詩

正音社 刊

하늘과 바람과 별과 詩

序 詩

죽는 날까지 하늘을 우러러
한점 부끄럼이 없기를,
잎새에 이는 바람에도
나는 괴로워했다。
별을 노래하는 마음으로
모든 죽어가는 것을 사랑해야지
그리고 나한테 주어진 길을
걸어가야겠다。

오늘밤에도 별이 바람에 스치운다。

一九四一・一一・二〇

1

自 畵 像

산모롱이를 돌아 논가 외딴우물을 홀로 찾아가선

가만히 들여다 봅니당.

우물속에는 달이 밝고 구름이 흐르고 하늘이

펼치고 파아란 바람이 불고 가을이 있읍니당.

그리고 한 사나이가 있읍니당。

어쩐지 그 사나이가 미워져 돌아갑니당。

돌아가다 생각하니 그 사나이가 가엽서집니당，

도로가 들여다 보니 사나이는 그대로 있읍니다.

다시 그 사나이가 미워져 돌아갑니다.

돌아가다 생각하니 그 사나이가 그리워집니다.

우물속에는 달이 밝고 구름이 흐르고 하늘이 펼치고 파아란 바람이 불고 가을이 있고 追憶처럼 사나이가 있읍니다.

一九三九·九

— 7 —

少年

여기저기서 단풍잎 같은 슬픈가을이 뚝뚝 떨어진다。단
풍잎 떨어져 나온 자리마다 봄을 마련해 놓고 나무가 ―
지우에 하늘이 펼쳐있다。가만히 하늘을 들여다 보려
면 눈섭에 파란 물감이 든다。두 손으로 따뜻한 볼을
씻어보면 손바닥에도 파란 물감이 묻어난다。다시 손바
닥을 들여다 본다。손금에는 맑은 강물이 흐르고、맑은
강물이 흐르고、강물속에는 사랑처럼 슬픈얼골――아름다
운 順伊의 얼골이 어린다。少年은 황홀히 눈을 감어 본

다。 그래도 맑은 강물은 흘러 사랑처럼 슬픈얼굴――아

름다운 順伊의 얼굴은 어린다。

一九三九

눈오는 地圖

順伊가 떠난다는 아침에 말못할 마음으로 함박눈이 나

려、 슬픈것처럼 窓밖에 아득히 깔린 地圖우에 덮인다。

房안을 돌아다 보아야 아무도 없다。壁과 天井이 하얗

다。房안에까지 눈이 나리는 것일까、정말 너는 잃어버

린 歷史처럼 홀홀이 가는것이냐、떠나기前에 일러둘 말

이 있든것을 편지를 써서도 네가 가는 곳을 몰라 어

느 거리、어느 마을、어느 지붕밑、너는 내 마음속에만

남아 있는것이냐、네 쪼고만 발자욱을 눈이 자꼬 나려

덮여 따라 갈수도 없다. 눈이 녹으면 남은 발자욱자리

마다 꽃이 피리니 꽃사이로 발자욱을 찾어 나서면 一年

열두달 하냥 내마음에는 눈이 나리리라.

一九四一·五·二二

돌아와 보는 밤

세상으로부터 돌아오듯이 이제 내 좁은 방에 돌아와
불을 끄옵니다. 불을 켜 두는 것은 너무나 피로롭은 일
이옵니다. 그것은 낮의 延長이옵기에——

이제 窓을 열어 空氣를 바꾸어 들여야 할텐데 밖을 가
만히 내다 보아야 房안과갈이 어두어 꼭 세상갈은데 비
를 맞고 오든 걸이 그대로 비속에 젖어 있사옵니다.

하로의 울분을 씻을바 없어 가만히 눈을 감으면 마음

속으로 흐르는 소리、 이제. 思想이 능금처럼 저절로 익

어 가옵니다.

一九四一・六

病院

살구나무 그늘로 얼굴을 가리고, 病院뒤뜰에 누어, 젊은 女子가 흰옷 아래로 하얀 다리를 드러내 놓고 日光浴을 한다。 한나절이 기울도록 가슴을 앓는다는 이 女子를 찾어 오는 이、나비 한마리도 없다。 슬프지도 않은 살구나무가지에는 바람조차 없다。

나도 모를 아픔을 오래 참다 처음으로 이곳에 찾어왔다。 그러나 나의 늙은 의사는 젊은이의 病을 모른다。

나한테는 病이 없다고 한다。이 지나친 試鍊、이 지나

친 疲勞、나는 성내서는 안된다。

女子는 자리에서 일어나 옷깃을 여미고 花壇에서 金盞

花 한포기를 따 가슴에 꽂고 病室안으로 사라진다。나

는 그女子의 健康이——아니 내 健康도 速히 回復되기

를 바라며 그가 누었든 자리에 누어본다。

一九四〇·一二

새 로 운   길

내를 건너서 숲으로
고개를 넘어서 마을로

어제도 가고 오늘도 갈
나의길 새로운 길

문들레가 피고 까치가 날고
아가씨가 지나고 바람이 일고

나의길은 언제나 새로운 길

오늘도…… 내일도……

내를 건너서 숲으로

고개를 넘어서 마을로

一九三八·五·一〇

看板없는 거리

停車場 푸랫폼에
나렸을 때 아무도 없어、

손님같은 사람들뿐、
다들 손님들뿐、

집집마다 看板이 없어
집 찾을 근심이 없어

딸강게

파랗게

불 붙는 文字도 없이

도둥이마다

慈愛로운 헌 瓦斯燈에

불을 혀놓고、

손목을 잡으면

다둙、어진사람들

다둙、어진사람들

봄、여름、가을、겨울、

순서로 돌아들고。

一九四一

太初의 아침

봄날 아침도 아니고

여름, 가을, 겨울,

그런날 아침도 아닌 아침에

빨—간 꽃이 피어났네,

햇빛이 푸른데,

그 前날 밤에

그 前날 밤에

모든것이 마련되었네、

사랑은 뱀과 함께

밝은 어린 꽃과 함께

또　太初의　아침

하얗게　눈이　덮이었고
電信柱가　잉잉　울어
하나님　말씀이　들려온다.

무슨　啓示일까.

빨리
봄이　오면
罪를　짓고

눈이

맑어

이브가　解産하는　수고를　다하면

無花果　잎사귀로　부끄런데를　가리고

나는　이마에　땀을　흘려야겠다.

一九四一・九・三一

새벽이 올때까지

다들 죽어가는 사람들에게
검은 옷을 입히시요.

다들 살어가는 사람들에게
흰 옷을 입히시요.

그리고 한 寢臺에
가즈런히 잠을 재우시요

다들 울거들랑

젖을 먹이시요

이제 새벽이 오면

나팔소리 들려 올게외다。

一九四〇五

무서운 時間

거 나를 부르는것이 누구요、

가랑잎 잎파리 푸르러 나오는 그늘인데、

나 아직 여기 呼吸이 남아 있소。

한번도 손들어 보지못한 나를

손들어 표할 하늘도 없는 나를

어디에 내 한몸 둘 하늘이 있어

나를 부르는 것이오。

일을 마치고 내 죽는날 아침에는

서럽지도 않은 가랑잎이 떨어질텐데……

나를 부르지마오。

一九四一·二·七

十 字 架

쫓아오든 햇빛인데

지금 敎會堂 꼭대기

十字架에 걸리었읍니다。

尖塔이 저렇게도 높은데

어떻게 올라갈수 있을까요♥

鍾소리도 들려오지 않는데

휘파람이나 불며 서성거리다가、

괴로웠든 사나이,

幸福한 예수·그리스도에게

처럼

十字架가 許諾된다면

목아지를 드리우고

꽃처럼 피어나는 피를

어두어가는 하늘 밑에

조용히 흘리겠읍니다.

一九四一·五·三一

바람이 불어

바람이 어디로부터 불어와

어디로 불려가는 것일까,

바람이 부는데

내 괴로움에는 理由가 없다.

내 괴로움에는 理由가 없을까,

단 한 女子를 사랑한 일도 없다.

時代를 슬퍼한 일도 없다.

바람이 자꼬 부는데

내발이 반석우에 섰다.

강물이 자꼬 흐르는데

내발이 언덕우에 섰다.

一九四一·六·二

슬픈　族屬

흰　수건이　검은　머리를　두르고

흰　고무신이　거츤　발에　걸리우다.

흰　저고리　치마가　슬픈　몸집을　가리고

흰　띠가　가는　허리를　질끈　동이다.

一九三八·九

눈 감고 간다

太陽을 사모하는 아이들아

별을 사랑하는 아이들아

밤이 어두었는데

눈 감고 가거라。

가진바 씨앗을

뿌리면서 가거라。

발뿌리에 돌이 채이거든

감었든 눈을 와짝 떠라。

一九四一·五·三一

— 3 3 —

또 다른 故鄉

故鄉에 돌아온 날 밤에
내 白骨이 따라와 한방에 누었다。

어둔 房은 宇宙로 通하고
하늘에선가 소리처럼 바람이 불어온다。

어둠 속에서 곱게 風化作用하는
白骨을 드려다 보며
눈물 짓는 것이 내가 우는 것이냐

白骨이 우는 것이냐

아름다운 魂이 우는 것이냐

志操 높은 개는

밤을 새워 어둠을 짖는다。

어둠을 짖는 개는

나를 쫓는 것일게다。

가자 가자

쫓기우는 사람처럼 가자

白骨 몰래

아름다운 또 다른 故鄕에 가자。

一九四一・九

길

잃어 버렸읍니다。
무얼 어디다 잃었는지 몰라
두 손이 주머니를 더듬어
길에 나아갑니다。

돌과 돌과 돌이 끝없이 연달어
길은 돌담을 끼고 갑니다。

담은 쇠문을 굳게 닫어

길 우에 긴 그림자를 드리우고

길은 아침에서 저녁으로

저녁에서 아침으로 통했읍니다.

돌담을 더듬어 눈물 짓다

처다보면 하늘은 부끄럽게 푸릅니다.

풀 한포기 없는 이 길을 걷는 것은

담 저쪽에 내가 남어 있는 까닭이고、

내가 사는 것은、 다만、

잃은 것을 찾는 까닭입니다。

一九四一•九•三一

별 헤 는 밤

季節이 지나가는 하늘에는

가을로 가득 차 있읍니다.

나는 아무 걱정도 없이

가을 속의 별들을 다 헤일듯합니다.

가슴 속에 하나 둘 새겨지는 별을

이제 다 못헤는 것은

쉬이 아침이 오는 까닭이오,

來日 밤이 남은 까닭이오,

아직 나의 靑春이 다하지 않은 까닭입니다。

별하나에 追憶과

별하나에 사랑과

별하나에 쓸쓸함과

별하나에 憧憬과

별하나에 詩와

별하나에 어머니, 어머니,

어머님, 나는 별하나에 아름다운 말 한마디씩 불러봅

니다。 小學校때 冊床을 같이 했든 아이들의 이름과、佩、

— 39 —

錚、玉 이런 異國 少女들의 이름과 벌써 애기 어머니

된 계집애들의 이름과, 가난한 이웃 사람들의 이름과,

비둘기, 강아지, 토끼, 노새, 노루, 「푸랑시쓰·쨤」「라이

넬·마리아·릴케」이런 詩人의 이름을 불러봅니다。

이네들은 너무나 멀리 있읍니다。

별이 아슬이 멀듯이、

어머님、

그리고 당신은 멀리 北間島에 계십니다。

나는 무엇인지 그리워

이 많은 별빛이 나린 언덕우에

내 이름자를 써 보고、

흙으로 덮어 버리었읍니다。

따는 밤을 새워 우는 버래는

부끄러운 이름을 슬퍼하는 까닭입니다。

그러나 겨울이 지나고 나의 별에도 봄이 오면

무덤우에 파란 잔디가 피어나듯이

내 이름자 묻힌 언덕우에도

자랑처럼 풀이 무성할게외다。

一九四一·一一·五

— 41 —

2

흰 그림자

黃昏이 짙어지는 길모금에서

하로종일 시들은 귀를 가만히 기울이면

땅검의 옮겨지는 발자취소리,

발자취소리를 들을수 있도록

나는 총명했든가요.

이제 어리석게도 모든 것을 깨달은 다음

오래 마음 깊은 속에

피로워하든 수많은 나를

하나, 둘 제고장으로 돌려보내면

거리모퉁이 어둠속으로

소리없이 사라지는 흰 그림자,

흰 그림자들

연연히 사랑하든 흰 그림자들,

내 모든 것을 돌려 보낸뒤

허전히 뒷골목을 돌아

黃昏처럼 물드는 내방으로 돌아오면

信念이 깊은 으젓한 羊처럼

하로종일 시름없이 풀포기나 뜯자.

一九四二•四•一四

— 45 —

사랑스런 追憶

봄이 오든 아침、 서울 어느 쪼그만 停車場에서

希望과 사랑처럼 汽車를 기다려、

나는 푸라트•폼에 간신한 그림자를 떨어트리고、

담배를 피웠다。

내 그림자는 담배연기 그림자를 날리고

비둘기 한떼가 부고러울 것도 없이

나래속을 속、속、햇빛에 비춰、날었다。

汽車는 아무 새로운 소식도 없이

나를 멀리 실어다 주어、

봄은 다 가고—— 東京郊外 어느 조용한

下宿房에서、옛거리에 남은 나를 希望과

사랑처럼 그리워한다。

오늘도 汽車는 몇번이나 無意味하게 지나가고、

오늘도 나는 누구를 기다려 停車場 가차운 언덕에서

서성거릴게다。

—— 아아 젊음은 오래 거기 남아 있거라。

一九四二•五•一三

흐르는 거리

으스럼히 안개가 흐른다。거리가 흘러간다。저 電車、自

動車、모든 바퀴가 어디로 흘러 가는 것일까? 定泊

할 아무 港口도 없이、가련한 많은 사람들을 싣고서、

안개속에 잠긴 거리는、

거리 모롱이 붉은 포스트상자를 붙잡고 섰을라면 모든

것이 흐르는 속에 어렴푸시 빛나는 街路燈、꺼지지 않

는 것은 무슨 象徵일까? 사랑하는 동무 朴이여! 그

러고 金이여! 자네들은 지금 어디 있는가? 끝없이

안개가 흐르는데、

「새로운날 아침 우리 다시 情답게 손목을 잡어 보세」

몇字 적어 포스트 속에 떨어트리고、밤을 새워 기다리

면 金徽章에 金단추를 삐었고 巨人처럼 찬란히 나타나

는 配達夫、아침과 함께 즐거운 來臨、

이밤을 하염없이 안개가 흐른다。

一九四二・五・一三

쉽게 씨워진 詩

窓밖에 밤비가 속살거려
六疊房은 남의 나라,

詩人이란 슬픈 天命인줄 알면서도
한줄 詩를 적어 볼가,

땀내와 사랑내 포근히 품긴
보내주신 學費封套를 받어

大學노ー트를 끼고
늙은 敎授의 講義 들으려 간다.

생각해 보면 어린때 동무를
하나, 둘, 죄다 잃어 버리고

나는 무얼 바라
나는 다만, 홀로 沈澱하는 것일가?

人生은 살기 어렵다는데
詩가 이렇게 쉽게 씨워지는 것은
부끄러운 일이다。

六疊房은 남의 나라

窓밖에 밤비가 속살거리는데、

등불을 밝혀 어둠을 조곰 내몰고、

時代처럼 올 아침을 기다리는 最後의 나、

나는 나에게 적은 손을 내밀어

눈물과 慰安으로 잡는 最初의 握手。

一九四二·六·三

봄

봄이 血管속에 시내처럼 흘러

돌、돌、시내가차운 언덕에

개나리、진달래、노오란 배추꽃

三冬을 참어온 나는

풀포기처럼 피어난다。

즐거운 종달새야

어느 이랑에서 즐거웁게 솟처라。

푸르른 하늘은

아른아른 높기도 한데……

3

懺悔錄

파란 녹이 낀 구리거울속에

내 얼굴이 남어 있는 것은

어느 王朝의 遺物이기에

이다지도 욕될가

나는 나의 懺悔의 글을 한줄에 주리자

—— 滿二十 年一個月을

무슨 기쁨을 바라 살아 왔든가

내일이나 모레나 그 어느 즐거운 날에

나는 또 한줄의 懺悔錄을 써야한다.

── 그 때 그 젊은 나이에

웨 그런 부끄런 告白을 했든가

밤이면 밤마다 나의 거울을

손바닥으로 발바닥으로 닦어 보자.

그러면 어느 隕石밑으로 홀로 걸어가는

슬픈 사람의 뒷모양이

거울속에 나타나온다.

一九四二․一․二四

── 57 ──

肝

바닷가 햇빛 바른 바위우에
습한 肝을 펴서 말리우자,

코카사쓰山中에서 도망해온 토끼처럼
둘러리를 빙빙 돌며 肝을 지키자,

내가 오래 기르든 여윈 독수리야!
와서 뜯어 먹어라, 시름없이

너는 살지고

나는 여위여야지、그러나、

거북이야!

다시는 龍宮의 誘惑에 안떨어진다。

푸로메디어쓰 불상한 푸로메디어쓰

불 도적한 죄로 목에 맷돌을 달고

끝없이 沈澱하는 푸로메디어쓰、

一九四一。一一。二九

慰　勞

거미란 놈이 흉한 심보로 病院 뒷뜰 난간과 꽃밭사이

사람발이 잘 닿지 않는 곳에 그물을 쳐 놓았다。屋外

療養을 받는 젊은 사나이가 누어서 치어다 보기 바드

게――

나비가 한마리 꽃밭에 날아 들다 그물에 걸리었다。

노―란 날개를 파득거려도 파득거려도 나비는 자꾸 감

기우기만 한다。거미가 쏜살같이 가더니 끝없는 끝없는

실을 뽑아 나비의 온몸을 감아 버린다, 사나이는 긴

한숨을 쉬었다.

나이 보담 무수한 고생끝에 때를 잃고 病을 얻은 이

사나이를 慰勞할 말이——거미줄을 헝클어 버리는 것밖

에 慰勞의 말이 없었다.

一九四〇・一二・三

八福

슬퍼 하는자는 복이 있나니

슬퍼 하는자는 복이 있나니

슬퍼 하는자는 복이 있나니

슬퍼 하는자는 복이 있나니

슬퍼 하는자는 복이 있나니

슬퍼 하는자는 복이 있나니

슬퍼 하는자는 복이 있나니

슬퍼 하는자는 복이 있나니

마태福音　五章三一一二

슬퍼 하는자는 복이 있나니

저희가 永遠히 슬플 것이오.

못자는 밤

하나、둘、셋、네
……………………
밤은
많기도 하다.

달 갈 이

年輪이 자라듯이

달이 자라는 고요한 밤에

달갈이 외로운 사랑이

가슴하나 빼근히

年輪처럼 피어 나간다.

一九三九·九·

고 추 밭

시들은 잎새속에서

고 빠알간 살을 드더 내 놓고,

고추는 芳年된 아가씬양

땍볕에 자꼬 익어간다。

할머니는 바구니를 들고

밭머리에서 어정거리고

손가락 녀어는 아이는

할머니 뒤만 따른다。

一九三八· 一〇·二六

아우의 印像畵

붉은 이마에 싸늘한 달이 서리여,

아우의 얼굴은 슬픈 그림이다。

발걸음을 멈추어

살그머니 애던 손을 잡으며

「늬는 자라 무엇이 되려니」

「사람이 되지」

아우의 설은 진정코 설은 對答이다。

슬며시 집았든 손을 놓고

아우의 얼굴을 다시 들여다 본다。

짜는한 달이 붉은 이마에 젓어

아우의 얼골은 슬픈 그림이다。

一九三八・九・一五

사랑의 殿堂

順아 너는 내 殿에 언제 들어왔든 것이냐?

내사 언제 네 殿에 들어갔든 것이냐?

우리들의 殿堂은

古風한 風習이 어린 사랑의 殿堂

順아 암사슴처럼 水晶눈을 나려감어라.

난 사자처럼 엉크린 머리를 고루련다.

우리들의 사랑은 한낱 벙어리였다.

聖스틴 촛대에 熱한 불이 꺼지기 前

順아 너는 앞문으로 내 달려라.

어둠과 바람이 우리窓에 부닥치기 前

나는 永遠한 사랑을 안은채

뒷문으로 멀리 사라지련다.

이제 네게는 森林속의 아늑한 湖水가 있고

내게는 峻嶮한 山脈이 있다.

一九三八·六·一九

異 蹟

발에 터부한 것을 다 빼어 바리고

黃昏이 湖水우로 걸어 오듯이

나도 삽분삽분 걸어 보리이까?

내사 이 湖水가로

부르는 이 없이

불리워 온것은

참말 異蹟이외다。

오늘 따라

戀情、自惚、猜忌、이것들이

자꼬 金메달처럼 만져지는구려

하나、내 모든 것을 餘念없이

물결에 씻어 보내려니

당신은 湖面으로 나를 불러 내소서.

一九三八•六•一五

비오는 밤

좌― 철석! 파도소리 문살에 부서져

짐 살포시 꿈이 흐터진다.

잠은 한날 검은 고래떼처럼 살래어,

달랠 아무런 재주도 없다.

불을 밝혀 잠옷을 정성스리 여미는

三更.

念願.

憧憬의 땅 江南에 또 洪水질것만 싶어,

바다의 鄕愁보다 더 호젓해진다。

一九三八●六●十一

— 73 —

산 골 물

피로운 사람아 피로운 사람아

옷자락 물결속에서도

가슴속 깊이 돌돌 샘물이 흘러

이밤을 더부려 말할이 없도다。

거리의 소음과 노래 부를수 없도다。

그신듯이 냇가에 앉았으니

사랑과 일을 거리에 매끼고

가만히　가만히

바다로　가자、

바다로　가자、

遺言

후어—ㄴ한 房에
遺言은 소리 없는 입놀림.

바다에 眞珠캐러 갔다는 아들
海女와 사랑을 속사긴다는 맏아들
이밤에사 돌아 오나 내다 봐라——

平生 외롭든 아버지의 殞命
감기우는 눈에 슬픔이 어린다.

외딴집에 개가 짖고

휘양찬 달이 문살에 흐르는 밤.

一九三七·一〇·二四

窓

쉬는 時間마다
나는 窓옆으로 갑니다。

——窓은 산 가르침。

이글이글 불을 피워주소、
이방에 찬것이 서럽니다。

단풍잎 하나

맴 도나 보니

아마도 작으마한 旋風이 인게웨다。

그래도 싸느란 유리창에

햇살이 쟁쟁한 무렵、

上學鍾이 울어만 싶습니다。

一九三七・一〇

바 다

설어다 뿌리는

바람 조차 씨원타。

솔나무 가지마다 셋츰히

고개를 돌리어 삐들어지고、

밀치고

밀치운다。

이랑을 넘는 물결은

폭포처럼 피어오른다。

海邊에 아이들이 모인다

찰찰 손을 싯고 구보로。

바다는 자꾸 섭어진다。

갈매기의 노래에……

돌아다 보고 돌아다 보고

돌아가는 오늘의 바다여!

一九三七●九●

元山松濤園에서

毘盧峰

萬象을
굽어 보기란——

무릎이
오들오들 떨린다。

白樺
어려서 늙었다。

재가
나비가 된다。

정말 구름이

비가 된다。

옷 자락이

첩당。

一九三七・九・

山峽의　午後

내　노래는　오히려

섫음은　산울림。

골자기　길에

떨어진　그림자는

너무나　슬프구나

午後의　瞑想은

아 —　즐며。

一九三七・九

瞑想

가을가을한 머리칼은 오막사리 처마끝、

쉬ㅅ피람에 햇마루가 서운한양 간질키오。

들窓같은 눈은 가볍게 닫혀

이밤에 戀情은 어둠처럼 골골히 스며드오。

一九二七•八•二〇

소 나 비

번개、 뇌성、 왁자지근 뚜다려

머——ㄴ 都會地에 落雷가 있어만 싶다。

벼루짱 엎어논 하늘로

살갈은 비가 살처럼 쏟아진다。

손바닥만한 나의 庭園이

마음같이 흐린 湖水되기 일수다。

바람이 팽이처럼 돈다·

나무가 머리를 이루 잡지 못한다。

내 敬虔한 마음을 모셔드려

노아때 하늘을 한모금 마시다。

一九三七•八•九

寒暖計

싸늘한 大理石 기둥에 목아지를 비틀어맨 寒暖計、

문득 들여다 볼수 있는 運命한 五尺六寸의 허리 가는

水銀柱、

마음은 琉璃管보다 맑소이다。

血管이 單調로워 神經質인 輿論動物、

가끔 噴水같은 冷침을 억지로 삼키기에

精力을 浪費합니다。

零下로 손구락질 할 수 돌네 屍처럼 치운 겨울보다

해바라기 滿發한 八月校庭이 理想곻소이다。

피곻을 그날이——

어제는 막 소낙비가 퍼붓더니 오늘은 좋은 날세올시다。

동저고리 바람에 언덕으로、숲으로 하시구려——

이렇게 가만 가만 혼자서 귓속이야기를 하였읍니다。

나는 또 내가 모르는 사이에——

나는 아마도 眞實한 世紀의 季節을 따라——

하늘만 보이는 울타리 안을 뛰쳐、

歷史같은 포케슢을 지켜야 봅니다.

一九三七•七•一

風景

봄바람을 등진 초록빛 바다

쏠아질듯 쏠아질듯 위트롭다。

잔주름 치마폭의 두둥실거리는 물결은,

오스라질듯 한끝 輕快롭다。

마스르끝에 붉은 旗ㅅ발이

女人의 머리칼처럼 나부낀다。

☆　☆

이 생생한 風景을 앞세우며 뒤세우며

외—ㄴ 하로 거닐고 싶다。

──우중충한 五月하늘 아래못,

──바다빛 포기포기에 繡놓은 언덕으로,

一九三七•五•二九

달 밤

흐르는 달의 흰 물결을 밀쳐

여원 나무그림자를 밟으며

北邙山을 向한 발절음은 무거웁고

孤獨을 伴侶한 마음은 슬프기도 하다。

누가 있어만 싶은 墓地엔 아무도 없고、

靜寂만이 군데군데 흰 물결에 폭 젖었다。

一九三七・四・十五

장

이른 아침 아낙네들은 시들은 生活을
바구니 하나 가득 담아 이고……
업고 지고…… 안고 들고……
모여드오 자꾸 장에 모여드오。

가난한 生活을 끌끌이 버려놓고
밀려가고 밀려오고……
제마다 生活을 외치오…… 싸우오。

원한로 올망졸망한 生活을
되질하고 저울질하고 자질하다가
날이 저물어 아낙네들이
쓴 生活과 바꾸어 또 이고 돌아가오。

一九五七 • 봄

밤

오양간 당나귀

아ㅡㅇ 외 마더 울음울고,

당나귀 소리에

으ㅡ아 아 애기 소스라처 깨고,

둥잔에 불을 다오。

아버지는 당나귀에게

잠을 한키 담아 주고、

어머니는 애기에게

젖을 한모금 먹이고、

밤은 다시 고요히 잠드오

一九三七・三・

黃昏이 바다가 되어

하로도 검푸른 물결에

흐느적 잠기고…… 잠기고……

저─ 왼 겸은 고기떼가

물든 바다를 날아 橫斷할고…

落葉이 된 海草

海草마다 슬프기도 하오。

西窓에 걸린 해말간 風景畵。

옷고름 너어는 孤兒의 서름。

이제 첫 航海하는 마음을 먹고

방바닥에 나딍구오…… 딍구오……

黃昏이 바다가 되어

오늘도 數많은 배가

나와 함께 이 물결에 잠겼을게오。

一九三七·一

아 침

획、획、획、

소피리가 부드러운 채찍질로

어둠을 좇아、

캄、캄、어둠이 깊다깄다 밝으옹

이제 이 洞里의 아침이

풀살 오른 소엉뎅이처럼 푸드오、

이 洞里 콩죽 먹은 사람들이

땀물을 뿌려 이 여름을 길렀오。

잎、 잎、 풀잎마다 땀방울이 맺혔오。

구김살 없는 이 아침을

深呼吸하오 또 하오。

一九三六

　　빨 래

빨래줄에 두 다리를 드리우고

흰 빨래들이 귓속 이야기 하는 午後、

쩽쩽한 七月햇발은 고요히도

아담한 빨래에만 달린다、

一九三六

꿈은 깨어지고

잠은 눈을 떴다
그윽한 幽霧에서。

노래 하든 종달이
도망쳐 날아나고、

지난날 봄타령하든
금잔디밭은 아니다。

塔은 무녀졌다、

붉은 마음의 塔이——

손톱으로 새긴 大理石塔이——

하로저녁 暴風에 餘地없이도,

오오 荒廢의 쑥밭、

눈물과 목메임이여!

꿈은 깨어졌다

塔은 무너졌다。

一九三六、七、二七

山 林

時計가 자근자근 가슴을 따려

不安한 마음을 山林이 부른다。

千年 오래인 年輪에 짜들은 幽暗한 山林이,

고달픈 한몸을 抱擁할 因緣을 가졌나 보다。

山林의 검은 波動우으로부터

어둠은 어린 가슴을 짓밟고

이파리를 흔드는 저녁바람이

좌— 恐怖에 떨게한다.

흘러간 마을의 過去는 아찔타.

멀리 첫여름의 개고리 재질댐에

나무틈으로 반짝이는 별만이

새날의 希望으로 나를 이끈다.

一九五六·六·二六

이 런 날

사이좋은 正門의 두 돌기둥 끝에서

五色旗와 太陽旗가 춤을 추는 날、

금을 그은 地域의 아이들이 즐거워 하다。

아이들에게 하로의 乾燥한 學課로

해말간 倦怠가 깃들고

「矛盾」 두자를 理解치 못하도록

머리가 單純하였구나。

이런 날에는

잃어 버린 頑固하던 뜻을

부르고 싶다.

一九三六•六•一〇

山 上

거리가 바둑판처럼 보이고,

江물이 배암의 새끼처럼 기는

山우에까지 왔다。

아직쯤은 사람들이

바둑돌처럼 버려있으리라。

한나절의 太陽이

힘석지붕에만 비치고、

굼벙이 걸음을 하는 汽車가

停車場에　섰다가　검은　내를　맞하고

또　걸음발을　탄다。

텐트같은　하늘이　무너져

이　거리를　덮을가　궁금하면서

좀더　높은데로　올라가고　싶다。

一九三六·五

陽 地 쪽

저쪽으로 黃土 실은 이땅 봄바람이

胡人의 물레바퀴처럼 돌아 지나고

아롱진 四月太陽의 손길이

壁을 등진 설은 가슴마다 울을히 만진당。

地圖째기 놀음애 뉘 땅인줄 모르는 애 둘이

한뼘 손가락이 짧음을 恨함이어

아서라! 가득이나 엷은 平和가

깨어질까 근심스럽다。

一九三六 • 六

닭

한間 鷄舍 그 넘어 蒼空이 깃들어

自由의 鄕土를 잊은 닭들이

시들은 生活을 추잘대고

生産의 苦勞를 부르짖었다。

陰酸한 鷄舍에서 쓸려나온

外來種 래구홍、

學園에서 새무리가 밀려나오는

三月의 맑은 午後도 있다。

닭들은 녹아드는 두엄을 파기에

雅淡한 두 다리가 奔走하고

굶주렸든 주두리가 바즈런하다。

두눈이 붉게 여므도록——

一九三六●봄

가 슴 1

소리 없는 북、

답답하면 주먹으로

뚜다려 보오。

그래 봐도

후—

가아는 한숨보다 못하오。

一九三六●三●二五

平壤에서

가 슴 2

불 꺼진 火독을

안고 도는 겨울밤은 깊었다。

재(灰)만 남은 가슴이

문풍지 소리에 떤다。

一九三六•七•二四

비 둘 기

안아 보고 싶게 귀여운

산비둘기 일곱마리

하늘끝까지 보일듯이 맑은 공일날 아침에

벼를 거두어 빤빤한 논에

앞을 다루어 모이를 주으며

어려운 이야기를 주고 받으오

날신한 두나래로 조용한 공기를 흔들어

두마리가 나오

집에 새끼 생각이 나는 모양이오.

一九三六●三●一○

黃 昏

햇살은 미닫이 틈으로

길죽한 一字를 쓰고…… 지우고……

까마귀떼 지붕 우으로

둘、둘、셋、넷、 자꼬 날아 지난다。

쑥쑥、 꿈을꿈을 北쪽 하늘도、

내사……

北쪽 하늘에 나래를 펴고 싶다。

一九三六•二•二五

平壤에서

南쪽 하늘

제비는 두 나래를 가지었다.

시산한 가을날——

어머니의 젖가슴이 그리운

서러 나리는 저녁——

어린 靈은 쪽나래의 鄕愁를 타고

南쪽 하늘에 떠 돌뿐——

一九三五●一〇 平壤에서

— 117 —

蒼 空

그 여름날

熱情의 포푸라는

오려는 蒼空의 푸른 젓가슴을

어루만지려

팔을 펼처 흔들거렸다。

끓는 太陽그늘 좁다란 地點에서

天幕같은 하늘밑에서

떠들던、 소나기

그리고 번개를、

춤추든　구름은　이끌고

南方으로　도망하고、

높다랗게　蒼空은　한폭으로

가지우에　퍼지고

둥근달과　기러기를　불러왔다。

푸드른　어린마음이　理想에　타고、

그의　憧憬의날　가을에

凋落의　눈물을　비웃다、

一九三五●一〇●二〇

平壤에서

거리에서

달밤의 거리

狂風이 휘날리는

北國의 거리

都市의 眞珠

電燈밑을 헤염치는

조그만 人魚 나、

달과 전등에 비쳐

한몸에 둘셋의 그림자、

커졌다 작아졌다。

괴롬의　거리

灰色빛　밤거리를

걷고　있는　이　마음

旋風이　일고　있네

외로우면서도

한갈피　두갈피

피어나는　마음의　그림자、

푸른　空想이

높아졌다　낮아졌다。

一九五〇・一・一八

삶 과 죽 음

삶은 오늘도 죽음의 序曲을 노래하였다.

이 노래가 언제나 끝나랴

세상사람은——

뼈를 녹여내는듯한 삶의 노래에

춤을 춘다

사람들은 해가 넘어가기전

이 노래 끝의 恐怖를

생각할 사이가 없었다.

하늘 복판에 알새기 듯이

이 노래를 부른者가 누구뇨

그리고 소낙비 그친뒤같이도

이 노래를 그친者가 누구뇨

죽고 뼈만 남은

죽음의 勝利者 偉人들!

一九三四・一二・二四

초 한 대

초 한대——

내방에 품긴 향내를 맡는다.

光明의 祭壇이 무너지기전

나는 깨끗한 祭物을 보았다。

염소의 갈비뼈같은 그의 몸,

그의 生命인 心志까지

白玉같은 눈물과 피를 흘려

불살려 버린다。

그리고도 책상머리에 아롱거리며

선녀처럼 촛불은 춤을 춘다.

매를 본 꿩이 도망하듯이

暗黑이 창구멍으로 도망한

나의 방에 품긴

祭物의 偉大한 香내를 맛보노라.

一九三四・二・二四

4

산 울 림

까치가 울어서
산울림、
아무도 못들은
산울림、

까치가 들었다、
산울림、
저혼자 들었다、
산울림、

一九三八•五

해바라기 얼굴

누나의 얼굴은
해바라기 얼굴

해가 금방 뜨자
일터에 간다。

해바라기 얼굴은
누나의 얼굴

얼굴이 숙어들어
집으로 온다。

귀뜨라미와 나와

귀뜨라미와 나와
잔디밭에서 이야기 했다.

귀뜰귀뜰
귀뜰귀뜰

아무게도 아르켜 주지말고
우리둘만 알자고 약속했다.

귀뜰귀뜰

귀뜰귀뜰

귀뜨라미와 나와

달밝은 밤에 이야기했다.

애기의 새벽

우리집에는
닭도 없단다.

다만
애기가 첫닭라 울어서
새벽이 된다.

우리집에는
시계도 없단다.

다만

애기가 젖달라 보채어

새벽이 된다.

햇빛·바람

손가락에 침발러

쏘옥、쑥、쑥·

장에 가는 엄마 내다보려

문풍지를

쏘옥、쑥、쑥、

아침에 햇빛이 빤짝、

손가락에 침발러

쏘옥、 쏙、 쏙、

장에 가신 엄마 돌아오나

문풍지를

쏘옥、쏙、쏙、

저녁에 바람이 솔솔、

반 디 불

가자 가자 가자

숲으로 가자

달조각을 주으려

숲으로 가자。

그믐밤 반디불은

부서진 달조각、

가자 가자 가자

숲으로 가자

달조각을 주으려

숲으로 가자。

둘 다

바다도 푸르고

하늘도 푸르고

바다도 끝없고

하늘도 끝없고

바다에 돌던지고

하늘에 침뱉고

바다는 벙글

하늘은 잠잠.

거짓부리

똑、 똑、 똑、

문좀 열어 주세요

하루밤 자고 갑시다

밤은 깊고 날은 추운데

거 누굴까?

문열어 주고 보니

검둥이의 꼬리가

거짓부리한걸、

꼬기요、꼬기요、

달걀 낳았다。

간난아 어서 집어 가거라

간난이 뛰어가 보니

달걀은 무슨 달걀、

고놈의 암탉이

대낮에 새빨간

거짓뿌리 한걸。

눈

지난밤에
눈이 소오복이 왔네

지붕이랑
길이랑 밭이랑
추워 한다고
덮어주는 이불인가봐

그러기에
추운 겨울에만 나리지

一九三六 • 一二 •

참 새

가을지난 마당은 하이얀종이

참새들이 글씨를 공부하지요。

째액째액 입으로 받아읽으며

두발로는 글씨를 연습하지요。

하로종일 글씨를 공부하여도

잭자한자 밖에는 더못쓰는걸。

一九三六。 一。

버 선 본

어머니

누나 쓰다버린 습자지는

두었다간 뭣에 쓰나요?

그런줄 몰랐드니

습자지에다 내버선 놓고

가위로 오려

버선본 만드는걸.

어머니

내가　쓰다버린　몽당연필은

두었다간　뭣에　쓰나요?

그런줄　몰랐드니

천우에다　버선본　놓고

침발더　점을　적곤

내버선　만드는걸。

一九三六·一二

편 지

누나!

이 겨울에도

눈이 가득히 왔읍니다.

흰 봉루에

눈을 한 줌 넣고

글씨도 쓰지 말고

우표도 붙이지 말고

말숙하게 그대로

편지를 부칠가요?

누나 가신 나라엔

눈이 아니 온다기에,

봄

우리 애기는
아래발치에서 코올코올,

고양이는
부뜨막에서 가릉가릉,

애기 바람이
나무가지에서 소올소올,

아저씨 햇님이

하늘한가운데서 째앵째앵.

一九三六·一〇

무얼 먹구 사나

바닷가 사람

물고기 잡아 먹고 살고

산골엣 사람

감자 구어 먹고 살고

별나라 사람

무얼 먹고 사나。

一九三六·一〇

굴 뚝

산꼴작이 오막사리 낮은 굴뚝엔

몽기몽기 웨인연기 대낮에 솟나、

감자를 굽는게지 총각애들이

깜박깜박 검은눈이 모여 앉어서

입술에 꺼멓게 숯을 바르고

옛이야기 한커리에 감자 하나씩.

산꼴작이 오막사리 낮은 굴뚝엔

살랑살랑 솟아나벼 감자 굽는내.

一九三六•가을

햇 비

아씨처럼 나린다
보슬보슬 해ㅅ비
맞아주자 다같이

옥수숫대 처럼 크게
닷자엿자 자라게
햇님이 웃는다
나보고 웃는다.

하늘다리 놓였다

알롱알롱　무지개

노래하자　즐겁게

동무들아　이리　오나

다같이　춤을추자

햇님이　웃는다

즐거워　웃는다

一九三六·九·九

빗 자 루

요오리 조리 배면 저고리 되고

이이렇게 배면 큰 총되지♥

누나하고 나하고

가위로 종이 쓸았더니

어머니가 빗자루 들고

누나하나 나하나

엉덩이를 때렸소

방바닥이 어지렵다고—

아아니 아니

고놈의 빗자루가

방바닥 쓸기 싫으니

그랬지 그랬어

괘씸하여 벽장속에 감췄드니

이른날 아침 빗자루가 없다고

어머니가 야단이지요。

一九三六•九•九

기왓장 내외

비오는날 저녁에 기왓장내외

잃어버린 외아들 생각나선지

피부라진 잔등을 어루만지며

쭈룩쭈룩 구슬피 울음웁니다.

대궐지붕 위에서 기왓장내외

아름답든 옛날이 그리워선지

주름잡힌 얼굴을 어루만지며

물고럼히 하늘만 쳐다봅니다.

오줌싸개지도

빨래줄에 걸어논
요에다 그린지도

지난밤에 내동생
오줌싸 그린지도

꿈에 가본 엄마계신
별나라 지돈가?

돈벌러간 아빠계신
만주땅 지돈가?

一九三六●

병 아 리

「뾰、뾰、뾰
엄마 젖 좀 주」
병아리 소리。

「꺽、꺽、꺽、
오냐 좀 기다려」
엄마닭 소리。

좀 있다가

병아리들은

엄마품 속으로

다 들어 갔지요.

一九三六·一·六

아롱아롱 조개껍대기

울언니 바다가에서

주어온 조개껍대기

여긴여긴 북쪽나라요

조개는 귀여운선물

장난감 조개껍대기

데굴데굴 굴리며놀다

짝잃은 조개껍대기

한짝을 그리워하네

아롱아롱 조개껍대기

나처럼 그리워하네

물소리 바다물소리。

一九三五‧二

겨 울

처마 밑에
지래기 다래미
바삭바삭
추어요.

길바닥에
말똥 동그램이
달랑달랑
얼어요.

5

트루게네프의 언덕

나는 고개길을 넘고 있었다……그 때 세 少年거지가
나를 지나쳤다。

첫재 아이는 잔등에 바구니를 둘러메고、바구니 속에
는 사이다병、간즈메통、쇳조각、헌 양말짝 等 廢物이 가
득하였다。

둘재 아이도 그러하였다。

셋재 아이도 그러하였다。

텁수룩한 머리털 시커먼 얼굴에 눈물 고인 充血된
눈、色없어 푸르스럼한 입술、너들너들한 襤褸、찢겨진

— 164 —

맨발,

아아 얼마나 무서운 가난이 이 어린 少年들을 삼키였느냐！

나는 惻隱한 마음이 움직이였다。

나는 호주머니를 뒤지었다。 푸틈한 지갑、 時計、 손수건、 …… 있을 것은 죄다 있었다。

그러나 무력대고 이것들을 내줄 勇氣는 없었다。 손으로 만지작 만지작 거릴뿐이였다。

多情스래 이야기나 하리라하고 「애들아」 불러보았다。

첫재 아이가 充血된 눈으로 흘끔 돌아다 볼뿐이였다。

둘재아이도 그러할 뿐이였다。

셋째아이도 그럴뿐이었다。

그리고는 너는 相關없다는듯이 自己네 끼리 소근소근

이야기하면서 고개로 넘어 갔다。

언덕우에는 아무도 없었다。

질어가는 黃昏이 밀려들뿐

一九三九●九

달 을 쏘 다

번거롭던 四圍가 잠잠해 지고 時計소리가 또렷하나

보니 밤은 저윽히 깊을대로 깊은 모양이당。보든 冊子

를 冊床 머리에 밀어놓고 잠자리를 수습한 다음 잠옷

을 걸치는 것이다。「딱」스윗치 소리와 함께 電燈을

고고 窓역의 寢臺에 드러누으니 이때까지 밝은 휘양찬

달밤이었든 것을 感覺치 못하였었다。이것도 밝은 電燈

의 惠澤이었을가。

나의 陋醜한 房이 달빛에 잠겨 아름다운 그림이 된

다는 것보담도 오히려 슬픈 船艙이 되는 것이다。창살

이 이마로부터 코마루、입술 이렇게 하얀 가슴에 여린

손등에까지 어른거려 나의 마음을 간지르는 것이다。 옆
에 누은 분의 숨소리에 房은 무시무시해 진다。아이처
럼 황황해지는 가슴에 눈을 치떠서 밖을 내다보니 가
을하늘은 역시 맑고 우거진 松林은 한폭의 畵幅다。달
빛은 솔가지에 솔가지에 쏠아쳐 바람인양 촤ー 소리가
날듯하다。들리는 것은 時計소리와 숨소리와 귀쏘리울음
뿐 벅쩍 고던 寄宿舍도 절깐보다 더 한층 고요한 것
이 아니냐?

나는 깊은 思念에 잠기우기 한창이다。 따는 사랑스런
아가씨를 私有할수 있는 아름다운 想華도 좋고、어린
적 未練을 두고 온 故鄕에의 鄕愁도 좋거니와 그보담
손쉽게 表現못할 深刻한 그 무엇이 있다。

바다를 건너 온 P君의 편지사연을 곰곰 생각할수록

사람과 사람사이의 感情이란 微妙한 것이다。 感傷的인

그에게도 必然코 가을은 왔나 보다。

편지는 너무나 지나치지 않었던가。 그中 한토막、

「君아 나는 지금 울며울며 이 글을 쓴다。 이 밤도

달이 뜨고、바람이 불고、人間인 까닭에 가을이란 흙

냄새도 안다。 情의 눈물、따뜻한 藝術學徒였던 情의 눈

물도 이 밤이 마지막이다。」

또 마지막 켠으로 이런 句節이 있다。

「당신은 나를 永遠히 쫓아버리는 것이 正直할 것이

오。」

나는 이 글의 뉴안쓰를 解得할수 있다。 그러나 事實

나는 그에게 아픈 소리 한 마더 한 일이 없고 설은

글 한쪽 보낸 일이 없지 아니한가。 생각컨대 이 罪는

다만 가을에게 지워 보낼수 밖에 없다。

紅顏書生으로 이런 斷案을 나리는 것은 외람한 일이
나 동무란 한낱 괴로운 存在요 友情이란 진정코 위태
로운 잔에 떠 놓은 물이다。이 말을 反對할者 누구랴。
그러나 知己 하나 얻기 힘든다 하거늘 알뜰한 동무 하
나 잃어버린다는 것이 살을 베어내는 아픔이다。

나는 나를 庭園에서 發見하고 窓을 넘어 나왔다든가
房門을 열고 나왔다는가 왜 나왔느냐 하는 어리석은 생
각에 頭腦를 괴롭게 할 必要는 없는 것이다。다만 귀
뜨람이 울음에도 수집어지는 코쓰모쓰 앞에 그윽히 서
서 딱터 • 삐링쓰의 銅像 그림자처럼 슬퍼지면 그만이다。
나는 이 마음을 아무에게나 轉嫁시킬 심보는 없다。옷
깃은 敏感이어서 달빛에도 싸늘히 추어지고 가을 이슬

이란 선듯선듯하여서 설은 사나이의 눈물인 것이다。

발걸음은 몸둥이를 옮겨 못가에 세워줄때 못속에도 억

시 가을이 있고、三更이 있고、나무가 있고、달이 있다、

그 刹那 가을이 怨望스럽고 달이 미워진다。더듬어 돌

을 찾어 달을 向하야 죽어라고 팔매질을 하였다。痛快!

달은 散散히 부서지고 말았다。그러나 놀랐든 물결이 자

자들때 오래잖아 달은 도로 살아난 것이 아니냐、문득

한늘을 쳐다보니 얄미운 달은 머리우에서 빈정대는 것

을……

나는 곳곳한 나무가지를 꺽어 더를 째서 줄을 메워

훌륭한 활을 만들었다。그리고 좀 탄탄한 갈대로 화살

을 삼아 武士의 마음을 먹고 달을 쏘다。

一九三八•一〇

별똥 떨어진데

밤이다。

하늘은 푸르다 못해 濃灰色으로 캄캄하나 별들만은 또 렷렷 빛난다。침침한 어둠뿐만 아니라 오삭오삭 춥다。 이 육중한 氣流가운데 自嘲하는 한 젊은이가 있다。그 물 나라고 불러두자。

나는 이 어둠에서 胚胎되고 이 어둠에서 生長하여서 아 직도 이 어둠속에 그대로 生存하나 보다。이제 내가 갈 곳이 어딘지 몰라 허우적거리는 것이다。하기는 나는 世 紀의 焦點인듯 憔悴하다。얼핏 생각하기에는 내 바닥을 반듯이 받들어 주는 것도 없고 그렇다고 내 머리를 갑 박이 나려누르는 아무것도 없는 듯하다 마는 內幕은 그

렇지도 않다° 나는 도무지 自由스럽지 못하다° 다만 나

는 없는듯 있는 하 사리처럼 虛空에 浮遊하는 한 點에

지나지 않는다° 이것이 하로사리 처럼 輕快하다면 마침

多幸할 것인데 그렇지를 못하구나!

이 點의 對稱位置에 또하나° 다른 밝음(明)의 焦點이

도사리고 있는듯 생각키다° 덥석 웅키었으면 잡힐듯도 하

다°

마는 그것을 휘잡기에는 나 自身이 鈍質이라는것 보다

오히려 내마음에 아무런 準備도 배포치 못한것이 아

니냥° 그리고 보니 幸福이란 별스런 손님을 불려 들이

기에도 또다른 한가닥 구실을 치르지 않으면 안될가 보

다°

이밤이 나에게 있어 어런적처럼 한낱 恐怖의 장막인

것은 벌서 흘러간 傳說이오。 따라서 이밤이 享樂의 도

가너라는 이야기도 나의 念願에선 아직 消化시키지 못

할 돌덩이다。 오르지 밤은 나의 挑戰의 好敵이면 그만

이다。

이것이 생생한 觀念世界에만 머물은다면 애석한 일이

다。 어둠속에 깜박깜박 조을며 다닥다닥 나라니한 草家들

이 아름다운 詩의 華詞가 될수 있다는 것은 벌서 지나

간 제녜례순의 이야기요、 오늘에 있어서는 다만 말못하는

悲劇의 背景이다。

이제 닭이 홰를 치면서 맵짠 울음을 뽑아 밤을 쫓

고 어둠을 솟내몰아 동천으로 휘— ㄴ히 새벽이란 새로

운 손님을 불러온다 하자。 하나 輕妄스럽게 그리 반가

워할 것은 없다。 보아라 假令 새벽이 왔다 하더래도 이

마을은 그대로 暗澹하고 나도 그대로 暗澹하고 하어서

너나 나나 이 가랑지길에서 躊躇 躊躇 아니치 못할 存

在들이 아니냐.

나무가 있다.

그는 나의 오랜 이웃이요 벗이다。그렇다고 그와 내가

性格이나 環境이나 生活이 共通한데 있어서가 아니다。말

하자면 極端과 極端자이에도 愛情이 貫通할수 있다는 奇

蹟的인 交分의 標本에 지나지 못할 것이다。

나는 처음 그를 퍽 不幸한 存在로 가소롭게 여겼다。

그의 앞에 설때 슬퍼지고 惻隱한 마음이 앞을 가리군

하였다。마는 도리켜 생각컨대 나무처럼 幸福한 生物은

다시 없을듯 하다。굳음에는 이루 비길데 없는 바위에

도 그리 탐탁치는 못할망정 滋養分이 있다 하거늘 어

디로 간들 生의 뿌리를 박지 못하며 어디로 간들 生

活의 不平이 있을소냐、 칙칙하면 술술 술바람이 불어

오고、 심심하면 새가 와서 노래를 부르다 가고、 촐촐하

면 한줄기 비가 오고、 밤이면 數많은 별들과 오손도손

이야기 할수 있고 ―――보다 나무는 行動의 方向이란 거

치장스런 課題에 逢着하지 않고 人爲的으로든 偶然으로

서든 誕生시켜 준 자리를 지켜 無盡無窮한 營養素를 吸

取하고 玲瓏한 햇빛을 받아드려 손쉽게 生活을 營爲하

고 오로지 하늘만 바라고 뻗어질수 있는 것이 무엇보다

幸福스럽지 않으냐。

이밤도 課題를 풀지 못하야 안타까운 나의 마음에 나

무의 마음이 漸漸으 아오는듯 하고、 行動할수 있는 자

랑을 자랑치 못함에 뼈저리듯 하나 나의 젊은 先輩의

雄辯에 曰 先輩도 믿지못할 것이라니 그러면 怜悧한 나

무에게 나의 方向을 물어야 할것인가。

어디로 가야 하느냐 東이 어디냐 西가 어디냐 南이

어디냐 아차! 저별이 번적 흐른다。별똥 떨어진 데가

내가 갈곳인가 보다。하면 별똥아! 꼭 떨어져야할 곳에

떨어져야 한다。

花園에 꽃이 핀다

개나리、진달래、앉은방이、라이락、문늘레、찔레、복사、

들장미、해당화、모란、튤립、창포、추립、카네슌、봉선화、

백일홍、채숭화、다리아、해바라기、코쓰모쓰——코쓰모쓰

가 훌훌히 떨어지는날 宇宙의 마지막은 아닙니다。여기

에 푸른하늘이 높아지고 빨간 노란 당풍이 꽃에 못지

않게 가지마다 물들었다가 귀또리울음이 끊어짐과함께 단

풍의 세계가 무너지고 그 우에 하로밤 사이에 소복이

흰눈이 나려나려 쌓이고 火爐에는 빨간 숯불이 피어오

르고 많은 이야기와 많은 일이 이 화로가에서 이루어집

니다。

讀者諸賢! 여러분은 이글이 씌워지는 때를 獨特한 季節로 짐작해서는 아니됩니다。아니、봄、여름、가을、겨울、어느 철로나 想定하셔도 無妨합니라。사실 一年 내내 봄일수는 없읍니다。하나 이 花園에는 사철내 봄이 靑春들과 함께 싱싱하게 동대하여 있다고 하면 過分한 自己宣傳일가요。하나의 꽃밭이 이루어지도록 손쉽게 되는 것이 아니라 고생과 努力이 있어야 하는 것입니다。따는 열마의 單語를 모아 이 拙文을 지적거리는 데도 내 머리는 그렇게 明晳한 것은 못됩니다。한해동안을 내 頭腦로서기 아니마 몸으로서 일일히 헤아려 細胞사이마다 간직해 두어서야 몇줄의 글이 일우어집니다。그리하야 나애게 있어 글을 쓴다는 것이 그리 즐거운 일일수는 없읍니다。봄바람의 苦悶에 짜들고 綠陰의 倦怠에 시들고、

가을하늘 廳傷에 울고、爐邊의 思索에 졸다가 이 몇줄
의 글과 나의 花園과 함께 나의 一年은 이루어 집니
다。

시간을 먹는다는 (이말의 意義와 이말의 妙味는 칠판
앞에 서보신 분과 칠판밑에 앉아 보신 분은 누구나
아실것입니다) 것은 確實히 즐거운 일임에 틀림 없읍니
다。하루를 休講한다는것보다 (하긴 솔그머니 까먹어 버
리면 그만이지만) 다못 한시간、宿題를 못해왔다든가 따
분하고 졸리고 한때、한시간의 休講은 진실로 살로 가
는 것이어서、萬一 敎授가 不便하여서 못나오셨다고 하
더라도 미처 우리들의 禮儀를 갖출 사이가 없는 것입
니다。그러나 이것을 우리들의 망발과 時間의 浪費라고
速斷하셔서 아니됩니다。여기에 花園이 있읍니다。한포기

푸른 풀과 한떨기의 붉은 꽃과 함께 웃음이 잇읍니다。

노ー트장을 적시는 것보다 汗牛充棟에 무쳐 글줄과 씨

름 하는 것보다 더 正確한 眞理를、探求할수 잇을런지、

보다 더 많은 知識을 獲得할수 잇을런지、보다 더 效

果的인 成果가 잇을지를 누가 否認하겠읍니까。

나는 이 貴한 時間을 슬그머니 동무들을 떠나서 단 혼

자 花園을 거닐수 잇읍니다。단 혼자 꽃들과 풀들과 이

야기할수 잇다는 것이 얼마나 多幸한 일이겠읍니까。참

말 나는 溫情으로 이들을 대할수 잇고 그들은 나를 웃

음으로 나를 맞어 줍니다。그 웃음을 눈물로 對한다는

것은 나의 感傷일가요。孤獨、靜寂도 確實히 아름다운 것

임에 틀림이 없으나、여기에 또 서로 마음을 주는 동

무가 잇는 것도 多幸한 일이 아닐수 없읍니다。우리 花

園속에 모인 동무들 중에、 집에 **學費**를 **請求**하는 편지를 쓰는 날 저녁이면 생각하고 생각하든 끝 겨우 몇 줄 써 보낸다는 **A君**、 기뻐해야할 **書留**(通稱月給封套)를 받어든 손이 떨린다는 **B君**、 사랑을 爲하여서는 밥맛을 잃고 잠을 잊어버린다는 **C君**、 **思想的撞着**에 **自殺**을 **期約**한다는 **D君**…… 나는 이 여러 동무들의 갸륵한 **心情**을 내것인 것처럼 **理解**할수 있읍니다。 서로 너그러운 마음으로 **對**할수 있읍니다。

나는 **世界觀、 人生觀、** 이런 좀더 큰 **問題**보다 바람과 구름과 햇빛과 나무와 **友情、** 이런것들에 더 많이 괴로워 해 왔는지도 모르겠읍니다。 단지 이 말이 나의 **逆說**이

나、나自身을 흐리우는데 지날뿐일가요。一般은 現代 學

生道德이 腐敗했다고 말합니다。스승을 섬길줄을 모른다

고들 합니다。옳은 말씀들입니다。부끄러울 따름입니다。

하나 이 결함을 괴로워하는 우리들 어깨에 지워 曠野

로 내쫓아 버려야 하나요、우리들의 아픈데를 일아주는

스승、우리들의 생채기를 어루만져주는 따뜻한 世界가 있

다면 剝脫된 道德일지언정 기우려 스승을 眞心으로 尊

敬하겠읍니다。溫情의 거리에서 원수를 만나면 손목을 붙

잡고 목놓아 울겠읍니다。

世上은 해를 거듭 砲聲에 떠들썩하건만 극히 조용한

가운데 우리들 동산에서 서로 融合할수있고 理解할수 있

고 從前의 ×가 있는 것은 時勢의 逆效果일까요。

봄이 가고、여름이 가고、가을、코쓰모쓰가 훌훌히 떨

어지는 날 宇宙의 마지막은 아닙니다。단풍의 世界가 있

고——履霜而堅氷至——서리를 밟거든 어름이 굳어질

것을 각오하라가 아니라、우리는 서리발에 끼친 落葉을

밟으면서 멀리 봄이 올것을 믿습니다。

爐邊에서 많은 일이 이뤄질것입니다。

終点이 始点이 된다。다시 始点이 終点이 된다。

아침 저녁으로 이 자국을 밟게 되는데 이 자국을 밟

게 된 緣由가 있다。일즉이 西山大師가 살았을듯한 우거

진 松林 속、게다가 명그러시 살림집은 외따로 한채뿐이

였으나 食口로는 굉장한것이어서 한 지붕 밑에서 八道

사루리를 죄다 들을 만큼 모아놓은 미끈한 壯丁들만이

욱실욱실 하였다。이곳에 法令은 없었으나 女人禁納區였

다。萬一 强心臟의 女人이 있어 不意의 侵入이 있다면

우리들의 好奇心을 저윽히 자아내었고 房마다 새로운 話

題가 생기군 하였다。이렇듯 修道生活에 나는 소라속처

럼 安堵하였든 것이다。

事件이란 언제나 큰데서 動機가 되는것보다 오히려 적

은데서 더 많이 發作하는 것이다。

눈은 날이었다。 同宿하는 친구의 친구가 한時間 남

짓한 門안 들어가는 車時間까지를 浪費하기 爲하야 나의

친구를 찾어 들어와서 하는 對話였다。

「자네 여보게 이집 귀신이 되려나?」

「조용하게 공부하기 자키나 좋잖은가」

「그래 책장이나 뒤적뒤적하면 공분줄 아나、電車간에서

내다 볼수있는 光景、停車場에서 맛볼수있는 光景、다

시 汽車 속에서 對할수 있는 모든 일들이 生活아닌

것이 없거든 生活때문에 싸우는 이 雰圍氣에 잠겨서、

보고、생각하고、分析하고、이거야 말로 眞正한 意味의

教育이 아니겠는가 여보게! 자네 책장만 뒤지고 人生

이 어드렇니 社會가 어드렇니 하는것은 十六世紀에서

나 찾어볼 일일세、 斷然 門안으로 나오도록 마음을 돌

리게」

나 한테 하는 勸告는 아니었으나 이 말에 귀틈이 뚫

려 상푸둥 그러리라고 생각하였다。 非但 여기만이 아니라 人

間을 떠나서 道를 닦는다는 것이 한날 娛樂이오、 娛樂이매

生活이 될수 없고 生活이 없으매 이 또한 죽은 공부가

아니랴。 공부도 生活化하여야 되리라 생각하고 불일내에

門안으로 들어가기를 內心으로 斷定해 버렸다。 그뒤 每

日같이 이 자국을 밟게 된 것이다。

나만 일직이 아침거리의 새로운 感觸을 맛볼줄만 알

었더니 벌서 많은 사람들의 발자욱에 鋪道는 어수선할

대로 어수선했고 停留場에 머믈때마다 이 많은 무리를

최다 꾸역꾸역 자꾸 박아 싣는데 늙은이 젊은이 아이

할것 없이 손에 꾸러미를 안든 사람은 없다。 이것이 그들

生活의 꾸러미요、同時에 倦怠의 꾸러민지도 모르겠다。

이 꾸러미들 든 사람들의 얼굴을 하나하나씩 뜯어 보

기로 한다。 늙은이 얼굴이란 너무 오래 世波에 짜들어

서 問題도 안되겠거니와 그 젊은이들 낯짝이란 도무지 말

씀이 아니다。 열이면 열이 다 憂愁 그것이오、百이면 百

이 다 悲慘 그것이다。 이들에게 우슴이란 가믈에 콩싹

이다。 필경 귀여우려라는 아이들의 얼굴을 보는 수 밖에

없는데 아이들의 얼굴이란 너무나 蒼白하다。 或시 혹題

를 못해서 先生한테 꾸지람 들을 것이 걱정인지 풀이

죽어 쭈그러뜨린 것이 活氣란 도무지 찾아볼수 없다。

내 상도 必然코 그 꼴일텐데 내눈으로 그 꼴을 보지 못

하는 첫이 多幸이다。 萬一 다른 사람의 얼굴을 보듯 그

렇게 자주 내 얼굴을 對한다고 할것 같으면 벌서 夭

死하였을런지도 모른다。

나는 내눈을 疑心하기로 하고 斷念하자!

차라리 城壁우에 멸친 하늘을 처다보는 편이 더 痛

快하다。 눈은 하늘과 城壁 境界線을 따라 자꾸 달리는 것

인데 이 城壁이란 現代로서 캄푸라지한 옛 禁城이다。

이 안에서 어떤 일이 이루어졌으며 어떤 일이 行하여지

고 있는지 城밖에서 살아왔고 살고 있는 우리들에게는

알바가 없다。 이제 다만 한가닥 希望은 이 城壁이 끊

어지는 곳이다。

期待는 언제나 크게 가질것이 못되어서 城壁이 끊어

지는 곳에 總督府、道廳、무슨 參考館、遞信局、新聞社、

消防組 무슨 株式會社、府廳、洋服店、古物商等 나란히 하
고 연달아 오느냐 아이스케키 看板에 눈이 잠간 머무
는데 이놈을 눈 나린 겨울에 빈 집을 지키라
든가 제 身分에 맞지않는 가개를 지키는 꼴을 살작 필
림에 올리어 본달것 같으면 한幅의 高等諷刺漫畵가 될
터인데 하고 나는 눈을 감고 생각하기로 한다。事實 요
지음 아이스케이크 看板 身勢를 兒치 아니치 못할 者 얼
마나 되랴。아이스케이크 看板은 情熱에 불타는 炎署가
眞正코 아수롭다。

눈을 감고 한참 생각하느라면 한가지 꺼리끼리는 것
이 있는데 이것은 道德律이란 거치장스러운 義務感이다。
젊은 녀석이 눈을 딱 감고 버티고 앉아 있다고 손구
락질하는것 같아야 번쩍 눈을 떠 본다、하나 가차이

慈善할 對象이 없음에 자리를 잃지 않겠다는 心情보다

오히려 아니꼽게 본 사람이 없으리란데 安心이 된다。

이것은 果斷性있는 동무의 主張이지만 電車에서 만난

사람은 원수요、汽車에서 만난 사람은 知己라는 것이다。

따는 그리라고 얼마큼 首肯하였었다。한자리에서 몸을

비비적거리면서도 「오늘은 좋은 날세 올시다。」「어디서

나리시나요」쯤의 인사는 주고 받을 법한데 一言半句없이 뚱

─한 꼴들이 자키나。큰 원수를 맺고 지나는 사이들 같

다。만일 상냥한 사람이 있어 요만쯤의 禮儀를 밟는다

고 할것 같으면 電車속의 사람들은 이들 精神異狀者로

대접할게다。그러나 汽車에서는 그렇지않다、名啣을 서로

바꾸고 故鄕 이야기、行方 이야기를 꺼리낌없이 주고 받

고 심지어 남의 旅勞를 自己의 旅勞인 것처럼 걱정하

고, 이 얼마나 多情한 人生行路냐?

이려는 사이에 南大門을 지나쳤다。누가 있어 「자네 하

每日같이 南大門을 두번씩 지날터인데 그래 늘 보군 하

는가」라는 어리석은 듯한 멘탈테쓰트를 낸다면 나는 啞然

해지지 않을수 없다。가만히 記憶을 더듬어 본달것 같

으면 늘이 아니라 이 자국을 밟은 以來 그 모습을 한번

이라도 처다본적이 있었든것 같지않다。하기는 나의 生

活에 緊한 일이 아니매 當然한 일일게다。하나 여기에

하나의 敎訓이 있다。回數가 너무 찾으면 모든 것이 皮

相的이 되어버리나니라。

이것과는 關聯이 면 이야기 같으나 無聊한 時間을 까

기爲하야 한마디 하면서 지나가자。

시꿀서는 제노라고하는 양반이었든 모양인데 처음 서

울 구경을 하고 돌아가서 며칠동안 배운 서울 말씨를

서뿔리 써가며 서울거리를 손으로 형용하고 말로서 떠

버려 옮겨 놓드란데、停車場에 터 나리니 앞에 ?色이

蒼然한 南大門이 반기는듯 가로 막혀 있고、總督府집이

크고 昌慶苑에 百가지 禽獸가 봄즉했고、德壽宮의 옛宮

殿이 懷抱를 자아냈고、和信 昇降機는 머리가 헝— 했고、

本町엔 電燈이 낮처럼 밝은데 사람이 물밀리듯 밀리고

電車란 놈이 웡웡 소리를 지르며 지르며 연달아 달리

고— 서울이 自己 하나를 爲하야 이루어 진것처럼 우

쭐 했는데 이첫쯤은 있을듯한 일이다。한데 게도 방정

꾸러기가 있어

「南大門이란 懸板이 참 名筆이지요。」

하고 물으니 對答이 傑作이다。

「암 名筆이구 말구 南字 大字 門字 하나하나 살아서 막 꿈틀거리는것 같데」

어느 모로나 서울자랑하려는 이 양반으로서는 可當한 對答일게다. 이분에게 阿峴洞고개 막바지에, ——아니 치벽한데 말고, ——가차이 鍾路 뒷골목에 무엇이 있든가를 물었드면 얼마나 當慌해 했으랴.

나는 終点을 始点으로 바꾼다.

내가 나틴 곳이 나의 終点이오. 내가 타는 곳이 나의 始点이 되는 까닭이다. 이 짧은 瞬間 많은 사람들 속에 나를 묻는 것인데 나는 이네들에게 너무나 皮相的이 된다. 나의 휴매니티를 이네들에게 發揮해낸다는 재주가 없다. 이네들의 기쁨과 슬픔과 아픈데를 나로서는 測量한다는 수가 없는 까닭이다. 너무 漠然하다. 사람이

란.回 가 찾은데와 量이 많은데는 너무나 쉽게 皮相
的이 되나보다。그럴수록 自己하나 간수하기에 奔走하나
보다。

씨 그날을 밟고 汽車는 왱— 떠난다。故鄉으로 向한 車
도 아니건만 空然히 가슴은 설렌다。우리 汽車는 느릿
느릿 가다。숨차면 假停車場에서도 선다。每日같이 원 女
子들인지 주룽주룽 서 있다。제마다 꾸러미를 안았는데
例의 그 꾸러민듯 싫다。다들 芳年된 아가씨들인데 몸
매로 보아하니 工場으로 가는 職工들은 아닌 모양이다。
얌전히들 서서 汽車를 기다리는 모양이다。判斷을 기다
리는 모양이다。하나 輕妄스럽게 琉璃窓을 通하여 美人
判斷을 나려서는 안된다。皮相的 法則이 여기에도 適用될
지 모른다。透明한듯하 믿지못할 것이 琉璃다。얼굴을

찌깨는듯이 한다든가 이마를 좀다랗게 한다든가 코를

말코로 만든다든가 턱을 조개 턱으로 만는다든가 하는

惡戲를 琉璃窓이 때때로 敢行하는 까닭이다。判斷을 나

리는 者에게는 別般 利害關係가 없다 손치더라도 判斷

을 받는 當者에게 오려든 幸運이 逃亡갈런지라도 깨끗이

保障할소냐。如何間 아무리 透明한 꺼풀일지라도 깨끗이

벗겨바리는것이 마땅할것이다。

이윽고 턴넬이 입을 버리고 기다리는데 거리 한가운

데 地下鐵道도 아닌 턴넬이 있다는 것이 얼마나 슬픈

일이냐。이 턴넬이란 人類歷史의 暗黑時代요 人生行路의

苦悶相이다。空然히 바퀴소리만 요란하다。구역날 惡質의

煙氣가 스며든다。하나 未久에 우리에게 光明의 天地가

있다。

턴넬을 벗어났을때 요지음 複線工事에 奔走한 勞動者

들을 볼수 있다。아침 첫車에 나갔을때에도 저

녁 늦車에 들어 올때에도 그네들은 그대로 일하는데 연

제 始作하야 언제 그치는지 나로서는 헤아릴수 없다。

이네들이야말로 建設의 使徒들이다。땀과 피를 애끼지않

는다。

그 육중한 도락구를 밀면서도 마음만은 遙遠한데 있

어 도락구 판장에다 서투른 글씨로 新京行이니 北京行

이니 南京行이니 라고 써서 타고 다니는 것이 아니라

밀고 다닌다。그네들의 마음을 엿불수 있다。그것이 苦

力에 慰安이 안된다고 누가 主張하랴。

이제 나는 곧 終始를 바꿔야 한다。하나 내車에도 新

京行、北京行、南京行을 달고 싶다。世界一週行이라고 달

고 싶다。아니 그보다도 眞正한 내 故鄉이 있다면 故鄉行

을 달겠다。到着하여야할 時代의 停車場이 있다면 더 좋다。

後記

東柱兄이 악착스런 원수의 형벌에 못견디어、차디 찬 돌마루 바닥에서 차마 감기우지 않는 눈을 감고 마지막 숨을 거둔지 벌써 十년이 된다。이 十년동안 우리의 뼈를 저리게 하는 그의 詩는 조국의 문학사를 고치게 하였고、조국의 문학을 세계적인 물줄기 속으로 이끌어 넣는데 자랑스런 힘이 되었다。묵재와 역압의 도가니 속에서 가냘픈 육신에 의지한 항거의 정신、아니 인간으로서의 처음이자 마지막의 권리이며 재산인 자유를 지키고자 죽음을 걸고 싸운 래지스땅스의 문학이 어찌 유우류의 지성인들에게만 허락됨 록권일 수 있었으랴! 「손들이 표할 하늘도 없는」 숨맥히는 현실 가운데서 「죽는 날까지 하늘을 우러러 한점

부고럼이 없었던」東柱는 이 세상에 대여 나면서 詩人이
였기에 「詩人이란 슬픈 天命인줄 알면서도 한줄 詩를 적
어느야 했다。아니 「한줄 詩를」는다기보다 때를 겪어
끝수에서 솟아나는 腦漿으로 눈물없는 痛哭은 종이에 올린
그의 詩는 진정 「슬픈 族屬」의 血書였나。

「앞재에 이는 바람에도 괴로워」하던 東柱의 詩魂은 「과
아만 하늘」에서 목재와 억압의 거센 「바람에 스치우며
조국과 자유를 밤새워 지키는 「별을 노래하였다。어느
욕된 王朝의 遺物」인 「파란 녹이 낀 구리거울」을 「밤
이면 밤마다 손바닥으로 발바닥으로 닦」으면서 「내일이나
모대나 그 어느 즐거운 날을 기다리던 그는, 드디어「불
도적한 죄로 목에 맷돌을 달고 끝없이 沈澱하는 푸로메디
어스」의 뒤를 따르는데 주저하지 않았다。「괴로웠던 사나
이、幸福한 예수・그리스도에게 처럼 十字架가 許諾된다면, 목

아지를 드리우고 꽃처럼 피어나는 피를 어두어가는 하늘밑

에 조용히 흘리기를 각오한 그는、「時代처럼 올 아침을

기다리는 「最後」의 날에 「눈물과 慰安으로 잡는 最初의 握

手」를 남기고 「眞正한 故鄕」을 찾어 「白骨 몰래 아름다

운 또 다른 故鄕에 가자」고 했다。

그러나 그는 「이 어둠에서 胚胎되고 이 어둠에서 生長

하여서、아직도 이 어둠 속에 生存」하는 자기자신을 증오하

고 저주하지는 않았다。오직 그가 미워하고 싫어하는 것은

「밤」과 「어둠」과 「타협」과 「굴복」이였다。그렇다고

그는 또한 그가 그렇게 기다리고 꼭 오리라고 굳게 믿던

「아침」과 「봄」을 소경처럼 덮어놓고 믿는 범용한 詩人은

아니었다。東柱의 민첩한 감각과 루명한 예지는 우리로 하

여금 일찌기 우리 겨레가 가져보지 못했던 놀라운 靈感의

詩人을 얻게 하였다。보라! 다음에 드는 이 무서운 예언을。

이제 닭이 홰를 치면서 맵짠 울음을 꼽아 밤을 쫓고 어
둠을 짓내몰아, 몽현으로 횐─히 새벽이란 새로운 손님을
불러온다 하자。 하나 輕妄스럽게 그리 반가워 할것은 없
다。 보아라 假令 새벽이 왔다 하더라도 이 마을은 그대
로 暗澹하고 나도 그대로 暗澹하고, 너나 나나 이
가랑지 길에서 蹰躇 蹰躇 아니치 못할 存在들이 아니냐。
이 얼마나 놀라운 예언이냐! 청청을 詩人으로 태여난 그
는 「電信柱가 잉잉 울어 하느님의 말씀」을 정녕 들을수
있었던가 보다。

다구어오는 새 시대를 믿고 앞날의 역사를 내다보는 靈
感의 詩人 尹東柱、 모든 詩人들이 붓을 꺾고 문학을 포기
하며 현실과 담을 쌓아 헌됨 한숨만 뿜고 있을 때에、「詩
人이란 슬픈 天命인줄 알면서도」 오직 혼자서 꾸준히 「주
어진 길을 걸어 온 외로웠던 詩人 尹東柱、 조국을 팔아 영

에와 지위를 사고、 자유를 바꾸어 굴욕과 비굴을 얻어 날
뛰는 반역자들이 구데기처럼 들끓는 시궁창 속에 오직 한
마리 빛나는 은어인양 淸新하였던 詩人 尹東柱、 급기야는 조국
과 자유와 문학을 위하여 「꽃처럼 피여나는 피를 이두어
가는 하늘 밑에 조용히 흘러」며 원수의 땅위에서 마지막 숨
을 거둔 殉節의 詩人 尹東柱。 이리하여 그는 드디어 원수
의 발굽에 짓밟혔던 日帝末期의 조국의 문학사를 빛나게 하
는 역사적 詩人으로써 움직이지 못할 자리를 잡게 되였고
폭재와 억압의 횡포한 폭력내 끝까지 항거하며 자유와 민
주주의를 위하여 싸운 온 세계의 레지스땅스의 대열 가운
데에 조국의 문학이 어엿이 끼울 자리를 차지하는 영광을
누리게 하였다。

슬프오이다 東柱兄。兄의 노래 마디마디 즐겨 외우던 「새

모운 아침」은、兄이 그 쑥스러운 세상을 뭉지고 떠난지 반

년 뒤에 찾아왔고、兄의 「별」에 봄은 열번이나 바꾸어졌

건만、슬픈 조국의 현실은 兄의 「무덤 우에 파란 잔디가

피어나게 하였을 뿐 「새모운 아침 우리 다시 情다웁게 손

목을 잡느자던 친구들을 뿔뿔이 흩어버리고 말았읍니다。

그러나 兄의 「이름짜 묻힌 언덕 우에는 자랑처럼 풀이 무

성」하였고、兄의 노래는 이 겨레의 많은 어린이 젊은이 들

이 입을 모두어 읊는 바 되었읍니다。조국과 자유를 죽음

으로 지키신 兄의 숭고한 정신은 겨레를 사랑하는 모든 사

람들의 때에 깊이 사무쳤삽고、조국과 자유와 문학의 이름

으로 불어 당신의 이름은 영원히 빛나오리니 바라옵기는

東柱兄、길이 명복하소서。焚香。

鄭 炳 昱

東方의 위대하신 先聖이 우리에게 가르치시와 「哀而不傷」
이라 하시었다。이제 故 尹東柱兄의 十週忌를 맞이하매、우
리의 文學을 위하여 못견디게 아까운 마음 禁치 못하며、
故人의 親知들의 뼈를 여위는 듯한 슬픔 또한 물곳 없으
나、이 한卷의 遺稿集을 세상에 내어 놓고、이 한卷의 책이
우리 文學史의 空白을 메꾸는 唯一한 자랑임을 생각할 때
에 「哀而不傷」이란 先聖의 가르치심에 충실하겠다기 보다
슬픈 마음을 눌러야겠다。

여기 모은 五部의 遺稿集은 우리가 오늘날 얻을 수 있
는 그의 作品 全部이다。第一部는 故人이 延禧專門學校 文
科를 卒業할 무렵에 卒業을 記念코자 七十七部 限定版으로
出版하려며던 自選 詩集 「하늘과 바람과 별과 詩」를 그대
모 실었고、第二部는 日本 東京時代의 作品인바 第一部 以
後 約半年間에 쓴 것이다。그 後의 作品은 모른 日記와 합

께 日警에 被檢되였을 때에 押收되었으니, 오늘 날 아깝게
도 찾을 길이 杳然하다。第三部는 그의 習作期 作品集 「나
의 習作期의 詩 아닌 詩」및 「窓」의 二卷을 비롯한 詩稿
를 整理하여 年代順을 逆으로 配列하였으며 그중에 年代가
記入되지 않은 作品은 適當하다고 認定되는 곳에 넣었다。
第四部는 童謠로써 역시 年代順을 逆으로 配列하였고、第五
部는 그의 散文을 作品年代에 關係없이 編輯하였다。
끝으로 이 全集을 欣快히 맡아 出版하여 주신 故人의 先
輩이신 正音社 崔暎海 先生에게 感謝의 뜻을 이기지 못하
는 바이며、또 故人이 生前에 즐겨 거닐던 길목에 하루 빨
리 詩碑가 서서 故人의 藝術과 精神을 길이 빛낼 날이 오
기를 빌어 마지 않는다。故人의 十週忌를 맞는 해 正月 二
十五日에 鄭炳昱은 焚香 哭拜。

先伯의 生涯

『二月十六日 동주 사망 시체 가저가라』

이런 電報 한장을 던저 주고 二十九年間을 詩와 故國

만을 그리며 孤獨을 견디었던 舍兄 尹東柱를 日帝는 때

앗아가고 말았으니、이는 一九四五年 日帝가 亡하기 바로 六

個月前 일이었읍니다。

一九一○年代의 北間島 明東—그곳은 새로 이문 書냄새가

무력무력 나던 곳이요、祖國을 잃고 怒氣에 찬 志士들이 모

이던 곳이요、學校와 敎會가 새로 이루어지고、어른과 아이

들에게 한결 같이 熱과 意慾에 넘친 모든 氣象을 용숫음

치게 하던 곳이었읍니다。

一九一七年　一二月　三〇日　東柱兄은　이곳에서　敎員의　딸아들

모　대어　났읍니다。　그의　生家는　할아버지가　손수　伐材하여

지으신　기와집이였읍니다。　할아버지의　고향은　咸北　會寧이요

어려서　間島에　건너　가시어　손수　荒蕪地를　開拓하시고，基

督敎가　渡來하자　그　信者가　되시어　만　손주를　볼지음에는

長老도　게시였유니다。

東柱兄의　勤奮하고　富裕함은　할아버지에게서、內省的이요

讚虛함은　아버지에게서、溫和하고　緻密함은　어머너에게서、각각

물려　받은　性品이라고　생각됩니다。

그의　兒名은　海煥이였고、그　아래로　누이와　두　동생이　있

었읍니다。

얌전한　小學生　해환은　兒童誌　『어린이』의　愛讀者였고、그

림을　무척　좋아　하였다고　합니다。　一九三一年에　明東小學을

마치고　大拉子라는　곳에서　中國人官立學校에　一年間　修學하

였으니、 詩「별」해는 밤「의 佩、鏡、玉이만 妙한 異國少女의 이

득은 이때의 追憶에서 열어진 것이 아닌가 합니다。

一九三二年 二가 龍井 恩眞中學校에 入學하자、 저의 집은 龍

井에 移舍하였읍니다。中學校에서의 二의 趣味는 多方面이었

읍니다。蹴球選手이던 二는 어머니의 손을 빌지않고 네임도

혼자 만들어 유니폼에 붙이고 기성복도 손수 재봉틀도 알

맞게 고쳐 입었읍니다。낮이면 운동장을 뛰어 다니고 초저

녁에는 散策、밤늦게 까지 讀書 하거나 校內 雜誌를 만드

노라고 궁사 글씨를 쓰거나 하던 일이 기억 됩니다。끝까지

즐기던 이 散策은 이때부터 비롯 되었읍니다。

運動服이나 文學書籍만 들고 다니는 그의 成績에 뜻밖에도

數學이 으뜸 가는 것에는 다들 놀래였읍니다。特히 幾何學

을 좋아함은 그의 緻密한 性品에서 였다고 짐작 됩니다。

一九三五年 봄 三學年을 마칠 지음、 그는 불현듯 故國에의

留學을 꿈꾸고 겨우 아버지의 승락을 얻어 平壤 崇實中學校에 옮기었읍니다。

에 가장 文學에의 意慾이 高潮된듯 합니다。이 즈음 白石 詩集 『사슴』이 出刊되었으나、百部限定版인 이 책을 求할 길이 없어 圖書室에서 진종일을 걸려 正字로 베껴내고야 말았읍니다。그것은 소중히 지니고 다닌 모양으로、지금은 나에게 保管되어 있읍니다。平壤 留學도 끝을 맺게 되었으니、崇實學校가 神社參拜問題로 廢校께 되었던 까닭입니다。一九三六年 다시 龍井에 돌아와 光明中學校 四學年에 들었읍니다。

이때 當時 間島에서 發刊되던 『카토릭 少年』誌에 童舟라는 닉네임으로 童謠 몇편을 發表한 일이 있읍니다。

그의 悲運은 中學校 卒業班에서부터 비롯 하였다고 생각합니다。卒業을 한學期 앞둔 그는 進學할 科目을 選擇해야 했읍니다。그때 벌써 많은 童謠와 詩稿를 가지고 있던 그에

게 文學 以外의 길이란 생각조차 할 수 없었읍니다。 외아들
인 아버지는 젊어서 文學에 뜻을 두어 北京과 東京에 留
學하고 敎員까지 시내 섰건만、 自己의 生活上의 失敗를 아들
에게 까지 되푸리 시키고 싶지 않으셨읍니다。아버지는 그
에게 醫師가 되기를 권하셨읍니다。그러나 그는 굳이 들지
않고 아버지의 退勤前부터 山이고 江가이고 헤매다가 밤중
에야 自己 房에 돌아오는 날이 계속 되었읍니다。한숨이 늘
고 가슴을 뚜드리는 때도 있었읍니다。이렇게 半年을 무고
아버지와의 對立이 계속되다가 卒業이 닥쳐오자 그는 이
기고 말았읍니다。할아버지의 권고로 아버지가 讓步하신 것
입니다。小學과 恩眞中學 同窓이며 姑從四寸이며 또 동갑인 宋
夢奎兄과 同行하여 서울에 온것은 一九三八年 봄이었읍니다。
上京하자 두분 다 延專에 入學하고 그 後부터 집에 오기는
一九四二年까지 每年 二回、여름과 겨울 放學때 뿐이었읍

너다。따라서 그 時節의 나의 追憶도 斷片的일 수 밖에 없
읍니다。

지금도 눈앞에 선한 그 情답던 모습은 四角帽에 校服을 입
은 형님이 아니라、배바지 배적삼에 밀집모자를 쓰고 황소
와 나란히 서 있는 형님입니다。

故鄕에 돌아 오면 그날도 洋服은 벗어 놓고 우티 옷으로
바꾸어 입고는 할아버지와 어머니의 일을 도왔읍니다。소꼴
도 비고、물도 긷고、때로는 할머니와 마주 앉어 맷돌도 갈
며 寡默하던 그도 유모어를 쉬어 가며 서를 이야기를 하
던 것입니다。

이러한 生活 속에서도 남몰래 쉬는 한숨을 나는 옆에서 가
끔 들은 듯 합니다。그것은 些少한 일도 傷함을 입는 끓
어오르는 詩興과 讀書時間의 아쉬움에서 였을 것입니다。

노여움도 아까움도 微笑로서 흘려 보낼 수 있었던 그는、차

마 집안 어른들의 일을 돕지 않고는 마음을 놓지 못하였
읍니다。

寬裕함이 그의 意志를 지탱게 못하였을지나 決코 優柔不
斷하지는 않았읍니다。

龍井은 人口 十萬이 가까운 작지 않은 都市였으나, 大學
生인 그는 아무 쑥스러움 없이 베옷을 입은채 거리로 소
를 이끌고 다녔읍니다。그럴 때에도 그는 릴께나 바레면의 詩
集、또는 지이드의 책을 옆에 끼는 것을 잊지 않았읍니다。

으스롬때면 으레이 하는 散策에、동생인 나는 그의 손목을
잡고 거니는 것이 얼마나 즐거운 일이 있는지 모릅
니다。街路樹가에서、北原白秋의 「그 노미찌」를 곳노래로 부르기
도 하고、숲속에 앉아 새로 뜨는 별과 먼 강물을 바라보
며 손 까지를 낀채 묵묵히 앉았을 때에는 그의 얼굴에 무
슨 憧憬과 感情이 끓어 오름을 年少한 나도 느낄 수 있었

읍니다。

新作路를 건다가도 賦役하는 시골 아낙네 들에게 따뜻한 말
한마디 건너고 싶어 하고、꼴목길에서 노는 아이들을 붙잡
고 귀여워서 합께 씨름도 하며、한포기의 들꽃도 참아 못
지나치겠다는듯、따서 가슴에 풋거나 책잠에 꽂아 놓곤 하
였읍니다。

별을 노래하는 마음으로
모든 죽어가는 것을 사랑해야지

하는 軟弱한 것에 대한 愛情의 表白은 그의 天禀의 記錄
이였읍니다。放學때 마다 집속에서 쏟아저 나오는 數十卷의
冊으로 한學期의 讀書의 傾向을 알수 있었읍니다。나에게 小
川未明童話集을 주며 퍽 좋다고 하던 일과 隨筆과 版畵誌『白
과黑』七、八卷을 보이며 版畵가 좋아 求得하였으며、機會가 있

으면 自己도 木版畵를 배우겠다고 하던 일이 記憶됩니다。이

리하여 집에는 近八百卷의 책이 모여졌고 그중에 지금 기

억할 수 있는 것은 앙드레·지이드全集、旣刊分全部、또스로

에프스키 研究書籍、바이런詩全集、佛蘭西名詩集과、껠께고을

의 것 몇卷、그밖에 原書 多數입니다。껠께고을의 것은 延專卒

業할 즈음 무척 愛讀하던 것입니다。

一九四一年一二月 延專을 마치고 돌아 왔을 때는 卒業狀

과 함께 정성스러이 쓴 詩稿集『하늘과 바람과 별과 詩』를

들고 왔었읍니다。

그것은 初版七十七部도 出版할려다 뜻을 이루지 못한 채

소중히 지니고 다녔읍니다。

며 工夫하고 싶었던 그는 一九四二年에 『懺悔錄』이란 詩

를 써 놓고 渡日하여 立敎大學에 籍을 두었읍니다。그가 마

지막으로 집을 떠난 것은 그해 七月 여름放學때였읍니다。

그때에는 病患으로 누어계시는 어머님의 寢床에 걸터 앉어
이야기 동무도 며칠을 보내다가 뜻밖에 速히 떠나게 되었
읍니다。 東北大學에 있던 한 親友의 勸誘로 該校 入學手續
치르라 오라는 電報 까닭이었읍니다。 놀이터에서 돌아온 나
는 그가 떠났음을 알자 눈물이 글썽 하였읍니다。 늘 정거
장에서 맞고 바래던 그와 그렇게 헤여짐이 最後의 作別이
될줄이야 어찌 알았겠읍니까。 떠나면서도 어머님 걱정을 뇌
이고 또 뇌이드랍니다。아마 殯命時까지 눈앞에 어머님의 모
습만 어른거렸을 것입니다。東北大學에 잔줄 안 兄에게서 무
슨 意圖에서였는지 同志社 英文科로 옮겼다는 電報가 오자
아버지는 좀 노여운 기색이었읍니다。
東京과 京都에서의 그의 孤獨은 絶頂에 達했읍니다。太平
洋에서는 戰火가 들끓고 尊敬하던 先輩들은 붓을 꺾거나 變
節하였고 사랑하던 친구들은 뿔뿔이 헤여졌고 —— 下宿房에서

홀로인듯 한 自己를 發見하고 스스로 눈물 짓지 않을 수 없읍니다.

……

六疊房은 남의 나라

窓밖에 밤비가 속살거리는데

등불을 밝혀 어둠을 조금 내몰고,
時代처럼 올 아침을 기다리는 最後의 나,

나는 나에게 적은 손을 내밀어
눈물과 慰安으로 잡는 最初의 握手。

(「쉽게 씌어진 詩」의 二一節, 一九四二•六•三作)

그러나 홀로 『새로운 아침』을 기다리며, 그의 孤獨만으로 抗拒하기에는 現實의 물결은 너무 거센 것이었읍니다.

一九四三年七月 歸鄕日字를 알리는 電報를 받고 驛에 나

갔으나 그는 나타나지 않았읍니다。 每日 같은 마중 끝에 한

열흘 후에 온 것은 우편으로 보내온 車票와、 二車票로 찾은

若干의 手荷物뿐이었읍니다。 車票를 사서 집까지 부처놓고 出

發直前에 警察에 잡혔던 것입니다。 京都大學에 있던 夢奎兄

도 함께 잡혔읍니다。

鴨川署에 未決로 있는 동안 當時 東京에 계시던 堂叔 永

春先生이 面會했을 때는 『고오로기』란 刑事의 담당으로 日記

와 原稿를 번역하고 있었으며、 每日 散策이 許諾된다고 하더

랍니다。 곧 나갈 것이니 安心하라고 하던 刑事의 말은 結

局 거짓이 되고 말았읍니다。

東柱와 夢奎 두 兄이 各 二年言渡를 받고 福岡刑務所에 投獄

된 一九四四年六月 以來、 한달에 한 장석만 許諾되는 葉書로는

그의 仔細한 獄中生活은 알길이 없었으나、 英和對照 新約聖書

를 보내라고 하여 보내 드린 일과 『붓끝을 따라온 귀뜨라미

소리에도 벌써 가을을 느낍니다ㆍ』라고 한 나의 글월에 『너

의 귀뜨라미는 홀로 있는 내 감방에서도 울어준다ㆍ고마운 일

이다ㆍ』라고 答狀을 주신 일이 기억됩니다ㆍ

매달 初旬이면 꼭 오던 葉書대신 一九四五年 二月에는 中

旬이 다 거서야 上記한 電報도 집안 사람들의 가슴에 못을

박고 말았읍니다ㆍ

遺骸나마 찾으려 갔던 아버지와 堂叔넘은 우선 살아 있는

夢奎兄부터 面會하니 『東柱!』하며 눈물을 쓸고, 每日 같이

이름모를 注射를 맞노라는 그는 皮骨이 相接하였더랍니다ㆍ

『東柱先生은 무슨 뜻인지 모르나 큰 소리를 외치고 殞命했

읍니다ㆍ』이것은 日本人 看守의 말이었읍니다ㆍ

아버지가 福岡에 가신 동안에 집에는 한장의 印刷物이 配

達되었으니 그 內容인즉 『東柱 危篤하니 保釋할 수 있음ㆍ萬

一 死亡時에는 屍體는 가져가거나 不然이면 九州帝大에 解

剖用으로 提供함ㆍ速答하시압』라는 뜻이었읍니다ㆍ 死亡 電報

보다 十日이나 늦게온 이것을 본 집안 사람들의 원통함은

이를 갈고도 남음이 있었읍니다。

『白骨 몰래 또 다른 故鄕에』 가신 나의 兄 尹東柱는 한 줌의 재가 된채 아버지의 품에 안겨 故鄕땅 間島에 돌아왔읍니다。約 二十日後에 夢奎兄도 같은 節次로 獄死하였으니 그 遺骸도 故鄕에 돌아 왔읍니다。

東柱兄의 葬禮는 三月初旬 눈보라치는 · 날이었읍니다。자랑스러던 풀이 매마른 그의 무덤 위에 지금도 흰 누이 나리는지——

十年이 흘러간 이제 그의 遺稿를 上梓함에 있어 舍弟로서 부고러움을 禁할 것이 없으며、詩集 앞뒤에 군것이 부는 겨을 퍽 싫어하던 그였음을 생각할 때、拙文을 주저하였으나 生前에 無名하였던 故人의 私生活을 傳할 責任을 홀로 느끼어 敢히 붓을 들었읍니다。이로하여 거짓없는 故人의 片貌나마 傳해지면 多幸이겠읍니다。

一九五五年 二月

舍弟 一柱 謹識

＜尹東柱詩集＞

하늘과 바람과 별과 詩

1955●2●15●印刷 ● 1955●2.16●發行

頒價　400圜

著　者・尹	東	柱
發行者・崔	暎	海
印　刷・大	聖	社

＜發　行＞

正 音 社

서울市中區會賢洞1街3의2
＜登錄●第23號＞

도지샤대학 시절로 윤동주의 마지막 사진 (앞줄 왼쪽 두번째)

일본 유학 첫해 여름, 릿꾜대학 시절 (윗줄 오른쪽)

윤동주의 졸업 사진

연희전문학교 시절 가장 아끼던 후배 정병욱과 함께 (왼쪽)

윤동주 사진

조선의 현상을 타파하고 그 고유문화를 발양(發揚)하기 위하여 조선 독립을 실현시키는 것 외에는 바른 방법이 없다고 역설했다.

(라) 동년 6월 하순경 같은 시간에 위 사람은 민족의 의식강화를 위해 자력으로 자기의 소장하고 있는 [조선사개설(朝鮮史槪說)]을 대여하고 조선사 연구에 종어(慫漁)했다.

이와 같이 민족의식의 앙양(昂揚)에 힘쓰며 국채를 경혁하는 것을 목적으로 하고 그 목적을 달성하기 위하여 행동으로 나타낸 증거로 고려된 사실은 피고인을 당 공정(公廷-공개 재판)에서 판단한 같은 취지의 공술에 의하여 인정되며 법률에 있어서 피고인의 판시소위(判示所爲)는 치안 유지법 제5조에 해당하는 것으로 그 소정의 형기 범위 내에서 피고인을 징역 2년에 처하며 형법 제21조 2항에 의거하여 미결 구류일수 중 120일을 본 형에 포함시킬 것.

위와 같은 주문에 의하여 판결함.

소화 19년(1944년) 3월 31일
교토 지방 재판소 제2형사부

재판장 이시이 히라오
판사 와타나베 쓰네조
판사 기와라타니 스에오

제2. 마쯔바라 데루타다(松原輝忠)에 대하여

(가) 동년 2월 초순경 앞에서 서술한 같은 타케다 아파트에 있어서 조선내(朝鮮內) 학교에 조선어과목이 폐지 당했음을 논난(論難)하였고, 조선의 연구를 권장하고 소위 일본과 조선일체(一體) 정책을 비방하며 조선 문화의 유지가 조선민족의 발전을 위하여 독립달성의 필수가 되는 것이라고 강조했다.

(나) 동년 2월 중순경 같은 장소에서 조선의 교육기관학교 졸업생의 취직 상황 등의 과제를 착수하고 더욱이 일본과 조선 사이에 차별 압박이 있다고 지적을 하며 조선 민족의 행복을 초래하기 위해서는 독립이 급무가 된다고 역설했다.

(다) 동년 5월 하순경 같은 장소에서 대동아 전쟁에 따라 이 전쟁은 조선독립달성의 문제와 관련되어 있다고 고찰하는 것을 요지로 하며, 좋은 기회를 놓치면 가까운 장래에 있어서 조선독립의 가능성을 상실하게 되고 결국 조선민족은 일본의 동화되니 조선민족은 번영을 이루기 위하여 일본패전을 기회로 해야 한다고 자기의 견해를 계속 해서 피력했다.

(라) 동년 7월 중순경 같은 장소에서 문학은 어디까지나 민족 행복추구 견지에 입각한다는 민족적 문학관을 강조하는 등 민족의식을 유발시킬 것을 부심했다.

제3. 시라노 키요히고(白野聖彦)에 대하여

(가) 소화 17년(1942년) 11월 하순경 같은 장소에서 조선총독부 조선어학회에 대한 검거를 논난(論難)하고 조선 문화의 열망을 막는 것은 필경 조선 민족의 궤멸(潰滅) 외에는 없다고 역설하며 예의(銳意) 조선 문화의 앙양에 노력해야만 하는 것에 대해서 지시했다.

(나) 동년 12월 초순경 교토시 사쿄쿠 긴카쿠시(京都市 左京區 銀閣寺) 부근 거리에서 개인주의 사상을 배격지탄(排擊指彈)하고 조선민족이라고 하는 자는 어디까지나 개인적인 형벌 피해보다는 민족전체의 번영을 초래해야 할 것을 명심해야 한다고 강조했다.

(다) 소화 18년(1943년) 5월 초순경 앞에서 상술한 같은 장소에서 조선의 고전 예술의 탁월함을 지적하고 문화적인 침대(沈擡)에 있어서

에 이르렀다. 대동아 전쟁의 발발에 직면해있는, 과학력이 열세인 일본의 패배를 몽상(夢想)하고 그 때가 조선 독립의 야망을 실현시키고 목적을 얻을 수 있으며, 이로 인해 일본이 망한다고 하는 신념을 갖추었으며 그 신념을 굳게 하고자 목적달성을 위하여 도지샤(同志社) 대학으로 전교한 후 같은 의도를 가지고 거주하고 있는 교토 제국 대학 문학부 학생인 송촌(宋村), 몽규(夢奎)등과 자주 회합을 해서 상호의 독립의식의 양양을 고취시키는 것 외에 조선인 학생 마쯔바라 데루타다(松原輝忠), 시라노 키요히고(白野聖彦) 등에 대해서 그 민족의식 유발에 전념할 수 있도록 힘을 쏟고 있는 중.

제1. 송촌(宋村) 몽규(夢奎)

(가) 소화 18년(1943년) 4월 중순경 같은 사람의 하숙집으로 교토시 사쿄쿠 기타시라가와 히가시히라이쬬 60번지(京都市 左京區 北白川 東平井町) 시미즈 에이찌 댁에서 회합을 하고 위 사람으로부터 조선, 만주 등에 있는 조선민족에 대하여 차별, 압박의 근황을 청취하면서 상호 의견 교환 및 논난공격(論難攻擊-논쟁과 비난을 격렬히 함)을 하면서 함께 조선에 있어서의 징병제도에 관하여 민족적 입장에서 상고 비판을 가하고, 또 제도는 영구히 조선 독립 실현을 위하여 일대 위력을 가하여야만 하는 것이라고 논단(論斷)했다.

(나) 같은 해 4월 하순경 교토 시외(京都市外) 야세(八瀨) 유원지에서 위 사람과 같은 민족의식을 포회(抱懷)하고 있는 릿쿄(立敎) 대학 학생 시로야마(白山仁俊)와 회합을 하였으며 조선의 징병제도를 비판하고 무기 사용을 모르는 조선인 징병제도의 실시로부터 새로운 무기를 가지고 군사 지식을 체득하는 때에 이르러서, 장래의 대동아 전쟁에 있어서 일본이 패배에 봉착(逢着)할 때 반드시 우수한 지도자를 얻어 민족적 무력 봉기를 결행해 독립실현을 가능하게 한다는 뜻의 민족적 입장을 갖춘 제도를 구가(謳歌)하였다. 조선 독립 후 통치방식에 있어서 조선인은 당파, 힘 및 의심하는 마음, 시기심이 강하므로 독립하는 날에 군인 출신의 강력한 독재주의에 의한 독립은 안 된다며 이런 통치는 곤란하다고 하는 논정(論定) 끝에 독립실현에 공헌해야만하기에 각자 실력 양성에 전념하는 것을 요지로서 강조를 했다.

(다) 같은 해 6월 하순경에 피고인의 거주지의 같은 시 같은 구 다나까다카하라쬬(田中高原町)27번지 다케다 아파트에서 위 사람과 찬드라 보스를 지도자로 하는 인도 독립운동의 대두에 대한 논의를 하고 조선은 일본에 정복당한 시간이 많이 지나가지 않았으나 일본은 세력이 강대해졌기 때문에 현재 바로 찬드라 보스같은 위대한 독립운동 지도자를 얻는 한편 민족의식은 왕성하며 일본의 전력은 피폐해서 호기가 도래하는 날에는 위대한 인물의 출현은 불가피하고 각자 그 좋은 기회를 잡아 독립달성을 위하여 궐기를 해야만 하고 상호독립의식에 격발(激發)에 힘써야 한다고 서로 격려했다.

판결

본적 조선 함경북도 청진부군 포경마을 76번지
주거 교토시 사쿄꾸 다나까다카하라쬬(京都市 左京區 田中高原町) 27번지
다케타 아파트 내 사립 도지샤(同志社) 대학 문학부 선과학생
히라누마 도쵸(平沼東柱)
대정 7년(1918년) 12월 30일생

주문

위 사람에 대한 치안, 유지, 법 위반 피고사건에 있어서 당 재판소는 검사 에지마다카도(江島孝)가 관여하는 상부심리를 거쳐 다음과 같이 판결한다.

이유

피고인은 만주국 간도성에 있는 한반도 중농의 가정에서 태어나 같은 곳에서 중학교를 졸업하고, 경성에 있는 사립 연희전문학교 문과를 졸업했고, 소화 17년(1942년) 3월 일본에 건너와서 일시적으로 동경 릿쿄(立敎) 문학부 선과에 재학했다. 같은 해 10월 이후 교토 도지샤(同志社)대학 문학부 선과로 전과해서 현재에 이르는 사람으로, 유년 시절 민족적 학교 교육을 받아 사상적 문학서 등을 탐독하며 교우와 감화 등에 의해 일찍이 치열한 민족의식을 가슴에 품고 있었다. 그 뿐만 아니라 일본과 조선 사이의 소위 차별문제에 대해서 심각하게 원망의 생각을 가지고 일본의 조선통치의 방침이 조선 고유의 민족문화를 전멸시키며, 조선민족의 멸망을 도모한다고 했으며, 그 결과 이에 따라서 조선민족을 해방시키고 그 번영을 초래하기 위하여 조선을 제국통치권의 지배로부터 이탈시키고 독립 국가를 건설하는 것 외에는 다른 방법이 없고, 조선민족의 현시점에 있어서 조선 독립을 위해 실력을 키우고 과거에 있어서 독립운동 실패의 발자취를 살피며, 조선인의 능력과 민족성을 향상시켜 독립운동의 소질을 배양해야만 하고, 일반 대중의 문화 앙양 및 민족의식의 유발에 힘써야 한다고 결의하기

판결문 해석본

證據ヲ按スルニ判示事實ハ被告人ノ當公
廷ニ於ケル判示同趣旨ノ供述ニ依リ之ヲ認ム

法律ニ照スニ被告人ノ判示所為ハ治安維

持法第五條ニ該當スルヲ以テ其ノ所定刑期

範圍内ニ於テ被告人ヲ懲役貳年ニ處シ刑

法第二十一條ニ依リ未決勾留日數中百貳拾

日ヲ右本刑ニ算入スヘキモノトス

仍テ主文ノ如ク判決ス

昭和十九年三月三十一日

京都地方裁判所第二刑事部

裁判長判事　石井年　㊞

判事　邊常造

判事　瓦木康㊞

裁判用紙

裁判所

(イ) 昭和十七年十一月下旬頃右同所ニ於テ
朝鮮総督府ハ朝鮮語学会ニ対スル
検挙ヲ論難シタル上文化ノ減亡ハ畢竟
民族ノ潰滅ニ外ナラサル所以ヲ力説シ
鋭意朝鮮文化ノ昂揚ニ努メサルヘカラ
サル旨指示シ

(ロ) 同年十二月初旬頃同市左京区銀閣寺
附近街路ニ於テ個人主義思想ヲ排撃
指弾シタル上朝鮮民族タル者ハ飽ク
迄個人的刑害ヲ離シ民族全体ノ繁栄
ヲ招来スヘク心懸クヘキ要アリト強調シ

(ハ) 昭和十八年五月初旬頃前記武田ア

裁判用紙 ── 裁判所

パートニ於テ朝鮮ニ於ケル古典芸術ノ
卓越セルヲ指摘シタル上文化的ニ沈滞シ
居ル朝鮮ノ現状ヲ打破シ其ノ固有文化ヲ
発揚セシムル為ニ朝鮮独立ヲ実現スル外
無キ所以ヲ力説シ

(二) 同年六月下旬頃同所ニ於テ同人ノ民族意
識強化ニ資センカ為自己ノ所蔵セル「朝鮮
史概説」ヲ貸与シテ朝鮮史ノ研究ヲ慫
慂シ

タル等同人ノ民族意識ノ昂揚ニ努メ
以テ国体ヲ変革スルコトヲ目的トシテ其ノ目的遂
行ノ為ニスル行為ヲ為シタルモノナリ

朝鮮内学校ニ於ケル鮮語科目ノ廢止セラレタルヲ論難シテ鮮語ノ研究ヲ勸奨シタル上所謂内鮮一体改策ヲ誹謗シ朝鮮文化ノ維持朝鮮民族ノ發展ノ爲ニハ独立達成ノ必須ナルヘキ所以ヲ強調シ

(四)同年二月中旬頃右同所ニ於テ朝鮮ノ教育機関學校卒業生ノ就職状況等ノ問題ヲ捉ヘ殊更内鮮間ニ差別壓迫アリト指摘シタル上朝鮮民族ノ幸福ヲ招未セム爲獨立ノ急務ナル旨力説シ

(八)同年五月下旬頃右同所ニ於テ大東亜戰争ニ付同戰争ハ常ニ朝鮮獨立達成ノ

裁判用紙 ─ 裁判所

問題ト關聯シテ考察スルヲ要シ此ノ好機ヲ逸スルニ於テハ近キ將未ニ於ケル朝鮮独立ノ可能性ヲ喪失シ遂ニ朝鮮民族ハ日本ニ同化シ盡サルニ到ラ以テ朝鮮民族タル者ハ其ノ繁榮ヲ庶幾スル爲飽ク迄日本ノ敗戰ヲ期セサルヘカラサル旨自己ノ見解ヲ縷々披瀝シ

(二)同年七月中旬頃右同所ニ於テ文學ハ飽ク迄民族ノ幸福追反ノ見地ニ立脚セサルヘカラサル旨民族的文學觀ヲ強調シタル等同人ノ民族意識ノ誇發ニ腐心シ

第三 白野聖彦ニ對シテハ

或ハ朝鮮獨立後ノ統治方式ニ付朝
鮮人ハ黨派心註ニ猜疑心強キヲ以テ
獨立ノ暁ハ軍人出身者ノ強力ナル獨裁
制ニ依ルニ非サレハ之カ統治ハ困難ナル
ヘシト論定シタル末獨立實現ニ貢献ス
ヘク各自賣力ノ養成ニ專念スルノ要アル
コトヲ強調シ合ヒ

㈠同年六月下旬頃被告人ノ止宿先タル
同市左京區田中高原町三十七番地武
田アパートニ於テ同人トチャンドラボーズヲ
指導者トシ印度獨立運動ノ擡頭ニ
付論議シタルト朝鮮ハ日本ニ征服

セラレテ日尚浅ク且日本ハ勢力強大ナ
ル為現在ハ直チニ同民ノ如キ偉大ナル獨
立運動指導者ヲ得ントシテ容易ニ能
ハサル状態ナルモ一方民族意識ハ却テ旺
盛ナルヲ以テ他日日本ノ戦力疲弊シ
好機到来ノ暁ニ同民ノ如キ偉大ナル
人物ノ出現モ必至ナルヘク各自其ノ好
機ヲ捉ヘ獨立達成ノ為蜂起セサル
カラサル旨激励シ合ヒ
タル等相互獨立意識ノ激發ニ努メ
第二、松原　輝忠ニ對シテハ
㈡同年二月初旬頃右武田アパートニ於テ

民族意識ノ誘發ニ專念シ来リタルカ

就中

第一、宋村夢奎ト

㈠昭和十八年四月中旬頃同人ノ下宿先タ
ル京都市左京區北白川東平井町六十番
地清水榮一方ニ於テ會合シ同人ヨリ朝
鮮満洲等ニ於ケル朝鮮民族ニ對スル
差別壓迫ノ近況ヲ聽取シタル上交々之
ヲ論難攻擊スルト共ニ朝鮮ニ於ケル徵兵
制度ニ關シ民族的立場ヨリ相互批判ヲ
加ヘ該制度ハ寧ニ朝鮮獨立實
現ノ為一大威力ヲ加フルモノナルヘシト

論斷シ

㈣同年四月下旬頃同市外八瀨遊園地
ニ於テ同人並ニ同シク民族意識ヲ抱懷
シ居タル立教大學々生白山仁俊ト會合
シ交々朝鮮ニ於ケル徵兵制度ヲ批判
シ朝鮮人ハ從来武器ヲ知ラサリシモ
徵兵制度ノ實施ニヨリ新ニ武器ヲ
持チ軍事知識ヲ體得スルニ至リ將来
大東亞戰爭ニ於テ日本カ敗戰ニ逢着ス
ル際必スヤ優秀ナル指導者ヲ得テ民族的
武力蜂起ヲ決行シ獨立實現ヲ可能ナラ
シム〳〵キ肯民族的立場ヨリ該制度ヲ謳歌シ

ニヨリ熾烈ナル民族意識ヲ抱懷シタ

ルカ長スルニ及ヒ内鮮間ノ所謂差別問

題ニ対シ深ク怨嗟ノ念ヲ抱ケル傍ラ我

朝鮮統治ノ方針ヲ目シテ朝鮮固有ノ

民族文化ヲ絶滅シ朝鮮民族ノ滅亡ヲ

圖ルモノナリト做シタル結果茲ニ朝鮮民

族ヲ解放シ其ノ繁榮ヲ招來セム爲ニハ

朝鮮ヲシテ帝國統治權ノ支配ヨリ離脱

セシメ獨立國家ヲ建設スルノ他ナク之カ爲

ニハ朝鮮民族ノ現特ニ於ケル實力或ハ

過去ニ於ケル獨立運動失敗ノ跡ヲ省ミ當

面朝鮮人ノ實力民族性ヲ向上シテ獨立

裁判用紙　　裁判所

運動ノ素地ヲ培養ス(ク)一般大衆ノ文

化昂揚並ニ民族意識ノ誘發ニ努メサ

ルヘカラスト決意スルニ至リ殊ニ大東亜

戦争ノ勃發ニ直面スルヤ科學力ニ劣勢

ナル日本ノ敗戦ヲ夢想シ其ノ機ニ乗シ朝

鮮獨立ノ野望ヲ實現シ得ヘシト妄信シ

テ益々其ノ決意ヲ固メ之カ目的ノ達成ノ

爲同志社大學ニ轉校後豫テ同様ノ意

圖ヲ藏シ居タル京都帝國大學文學部

學生宋村夢奎等ト屢々會合シテ相互ニ

獨立意識ノ昂揚ヲ圖リタル外鮮人學

生松原輝忠白野聖彦等ニ對シ其ノ

判　決

本籍　朝鮮咸鏡北道清津府浦頃町七十六番地

住居　京都市左京区田中高原町二十七番地

武田アパート内

私立同志社大学文学部選科学生

平沼東柱

大正七年十二月三十日生

右ノ者ニ對スル治安維持法違反被告事件ニ付當裁判所ハ検事江島孝関興ノ上審理ヲ遂ケ判決スルコト左ノ如シ

主　文

被告人ヲ懲役貳年ニ處ス

未決勾留日数中百貳拾日ヲ右本刑ニ算入ス

裁判用紙　　裁判所

理　由

被告人ハ満洲国間島省ニ於テ半島出身中農ノ家庭ニ生レ同地ノ中学校ヲ経テ京城所在私立延禧専門学校文科ヲ卒業シ昭和十七年三月内地ニ渡来シタル上一時東京立教大学文学部選科ニ在学シタルモ同年十月以降京都同志社大学文学部選科ニ轉シ現在ニ反フモノナルトコハ幼少ノ頃ヨリ民族的ノ学校教育ヲ受ケ思想的ノ文学書等ヲ耽読シタルト交友ノ感化等

윤동주 판결문원본

이 많은 별빛이 나린 언덕 우게

내 일홈자를 써 보고,

흙으로 덥허 버리엇습니다.

딴은 밤을 새워 우는 버레는

부끄러운 일홈을 슬퍼하는 까닭입니다.

(五四. 十一. 五.)

그러나 겨을이 지나고 나의 별에도 봄이 오면

무덤 우에 파란 잔디가 피여나듯이

내 일홈자 묻힌 언덕 우에도

자랑처럼 풀이 무성할 게외다.

별하나에 詩와

별하나에 어머니, 어머니,

어머님, 나는 별 하나에 아름다운 말

한마디식 불러봅니다. 小學校때 冊床을

갈이햿든 아이들의 일홈과, 佩, 鏡,

이런 異國少女들의 일홈과 별서 애기

어머니된 게집애들의 일홈과, 가난한

이웃사람들의 일홈과, 비둘기, 강아지, 토

끼, 노새, 노루, 「뚜랑시쓰·쨤」 「라이넬·마

리아·릴케」 이런 詩人의 일홈을 불러봄

니다.

이네들은 너무나 멀리 있습니다.

별이 아슬이 멀듯이,

어머님,

그리고 당신은 멀리 北間島에 게섭니다.

나는 무엇인지 그러워

별 헤는 밤

季節이 지나가는 하늘에는
가을로 가득 차 있습니다。

나는 아무 걱정도 없이
가을속의
별들을 다 헤일듯합니다。

가슴속에 하나 둘 색여지는 별을

이제 다 못헤는 것은

쉬이 아츰이 오는 까닭이오,

來日밤이 남은 까닭이오,

아직 나의 靑春이 다하지 않은 까닭입니다.

ㅂ니다。

별하나에 追憶과
별하나에 사랑과
별하나에 쓸쓸함과
별하나에 憧憬과

十行 廿字詰

풀 한한돋기 없는 이길을 걷는 것은

담겨 쪽에 내가 넘어 있는 까닭이고.

내가 사는 것은, 다만,

잃은 것을 찾는 까닭입니다.

一九四一, 九, 三一,

길

잃어 버렸습니다.

무얼 어디다 잃었는 지 몰라

두 손이 주머니를 더듬어

길에 나아 (끄덕없이) 갑니다.

돌과 돌과 돌이 끝없이 연달어

길은 돌담을 끼고 갑니다.

담은 쇠문을 굳게 닫어

길 위에 긴 그림자를 드리우고

길은 아침에서 저녁으로

저녁에서 아침으로 통했습니다.

돌담을 더듬어 눈물 짓다

쳐다보면 하늘은 부끄럽게 푸릅니다.

가자 가자

쫓기우는 사람처럼 가자

白骨몰래

아름다운 또 다른 故(鄕)에 가자.

〈또다른故鄕〉

故鄕에 돌아온 날) 밤에
내 白骨이 따라와 한방에 누었다.

어둔 房은 宇宙로 通하고
하늘에선가 소리처럼 바람이 불어 온다.

어둠속에 곱게 風化作用하는
白骨을 드려다 보며
눈물 짓는 것이 내가 우는 것이냐
白骨이 우는 것이냐
아름다운 魂이 우는 것이냐

志操 높은 개는
밤을 새워 어둠을 짖는다.

어둠을 짖는 개는
나를 쫓는 것일게다.

눈 감고 간다

太陽을 사모하는 아이들아

별을 사랑하는 아이들아

밤이 어두웠는데

눈 감고 가거라.

가진 바 씨앗을

뿌리면서 가거라

밭 뿌리에 돌이 채이거든

감았든 눈을 번쩍떠라.

一九四一. 五. 三一.

× 슬픈 族屬

힌 수건이 검은 머리를 두르고

힌 고무신이 거친 발에 걸리우당.

힌 저고리 치마가 슬픈 몸집을 가리고

힌 띠가 가는 허리를 질끈 동이당.

一九三八、九、

어두어가는 하늘 밑에
소응히 흘러갔읍니다.

一九四、五、三一、

十字架

쫓아오든 햇빛인데

지금 教會堂 꼭대기

十字架에 걸리엇슴니다.

尖塔이 저렇게도 놉은데

어떻게 올라갈수 있을가요.

鐘소리도 들려오지 안는데

휫파람이나 불며

서성거리다가.

괴로왓든 사나이,

幸福한 예수 · 그리스도에게

처럼

十字架가 許諾된다면

목아지를 드리우고

꽃처럼 피여나는 피를

무서운 時間

거나를 부르는 것이 누구요,

가랑잎 입파리 푸르러 나오는 그늘인데,

나 아직 여기 呼吸이 남어 있소.

한번도 손들어 보지못한 나를

손들어 표할 하늘도 없는 나를

어디에 내 한몸둘 하늘이 있어

나를 부르는 것이오.

일이 마치고 내 죽는날 아츰에는

서럽지도 않은 가랑잎이 떨어질 텐데......

나를 부르지 마오.

一九四一・二・七

새벽이 올 때까지

다들 죽어가는 사람들에게

검은 옷을 입히시오.

다들 살어가는 사람들에게

흰 옷을 입히시오.

그리고 한 寢牀에

가즈런히 ~~깨끗히~~ 잠을 재우시오

다들 울거들랑

젖을 먹이시오

이제 새벽이 오면

나팔소리 들려 올게외다.

一九四一、三、

또 太初의 아츰

하얗게 눈이 덮이엿고

電信柱가 잉잉 울어

하나님 말씀이 들려온다.

무슨 啓示일가.

빨리

봄이 오면

罪를 짓고

눈이

밝어

이맘가 解産하는 수고를 다하면

無花果 잎사귀로 부끄런데를 가리고

나는 이마에 땀을 흘려야겟다.

1941. 5. 31.

봄, 여름, 가을, 겨울.

순서도 돌아들고,

元旦.

看板 없는 거리

停車場 푸른 불빛이
나렸을 때 아무도 없어,

다들 손님들뿐,
손님같은 사람들뿐,

집집마다 看板이 없어
집 찾을 근심이 없어 .

빨갛게
파랗게
붙는 文字도 없이

모퉁이마다

慈愛로운 街路燈이
불을 혀놓고,

손목을 잡으면
다들, 어진 사람들
다들, 어진 사람들

새로운 길

내를 건너서 숲으로
고개를 넘어서 마을로

나의 길 새로운 길

어제도 가고 오늘도 갈

민들레가 피고 까치가 날고
아가씨가 지나고 바람이 일고

나의 길은 언제나 새로운 길

오늘도…… 내일도……

내를 건너서 숲으로
고개를 넘어서 마을로

一九三八. 五. 一〇.

의 健康이 —— 아니 내 健康도 速히

回復되기를 바라며 그가 후일등 자리에

누어봄.

一九四○、一二、

病院

살구나무 그늘로 얼골을 가리고. 病院 뒷
뜰에 누어、 젊은 女子가 흰옷아래로 하
얀다리를 드려내놓고 日光浴을 한다.
한나절이 기울도록 가슴을 앓른다는
女子를 찾어오는 이、나비 한마리도
없다. 슬프지도 않은 살구나무가지에는
바람조차 없다.

나도 모를 아픔을 오래 참다 처음으로
이곳에 찾어왓다. 그러나 나의 늙은 의
사는 젊은이의 病을 모른다. 나안테는
病이 없다고 한다. 이 지나친 試鍊, 이
지나친 疲勞、나는 성내서는 않된다.

女子는 자리에서 일어나 옷깃을 여미고
花壇에서 金盞花 한포기를 따 가슴에
꼽고 病室안으로 살어진다. 나는 그女子

돌아와 보는 밤

　세상으로부터 돌아오듯이 이제 내 좁은
방에 돌아와 불을 조금 나당. 불을 켜두
는 것은 너무나 피롭은 일이옵니다. 그것
은 낮의 延長이옵기에 ————

　이제 窓을 열어 空氣를 밖구어 드려야
할턴데 밖을 가만이 내다 보아야 房안
과같이 어두어 꼭 세상같은데 비를 맞
고 오든 길이 그대로 빗속에 젖어 있사
옵니다.

　하로의 울분을 씻을 바 없어 가만히 눈
을 감으면 마음속으로 흐르는 소리, 이
제, 思想이 능금처럼 저절로 익어 가옵
니다.

一九四,六.

눈오는 地圖

順伊가 떠난다는 아츰에 말못할 마음으로 함박눈이 나려, 슬픈것처럼 窓밖에 아득히 깔린 地圖우에 덮힌다. 房안을 돌아다 보아야 아무도 없다. 壁과 天井이 하얗다. 房안에까지 눈이 나리는 것일까, 정말 너는 잃어버린 歷史처럼 훌훌이 가는것이냐, 떠나기 前에 일러 둘말이 있든것을 편지를 써서도 네가 가는곳을 몰라 어느거리, 어느마을, 어느지붕밑, 너는 나의 마음속에만 있는 것이냐, 네 쪼고만 발자욱을 눈이 자꼬 덮혀 따라갈수도 없다. 눈이 녹으면 남은 발자욱 자리마다 꽃이 되리니 꽃사이로 발자욱을 찾어 나서면 一年열두달 하냥 내마음에는 눈이 나리리라.

一九四一. 三. 一二.

少年

여기저기서 단풍잎 같은 슬픈 가을이 뚝
뚝 떠러진다. 단풍잎 떠러져 나온 자리
마다 봄을 마련해 놓고 나무가지 우에
하늘이 펼처있다. 가만이 하늘을 드려다
보려면 눈섶에 파란 물감이 든다. 두손
으로 따뜻한 볼을 쓸어보면 손바닥에도
파란 물감이 묻어난다. 다시 손바닥을
드려다 본다. 손금에는 맑은 강물이 흐
르고、맑은 강물이 흐르고、강물속에는
사랑처럼 슬픈 얼골 —— 아름다운 順伊의
얼골이 어린다. 少年은 황홀이 눈을 감
어본다. 그래도 맑은 강물은 흘러 사
랑처럼 슬픈 얼골 —— 아름다운 順伊의
얼골은 어린다.

一九三九

우물 속에는 달이 밝고 구름이 흐르고 파

아란 바람이 불고 가을이 있고 追憶처

럼 사나이가 있습니다.

하늘이 펼치고

一九三九. 九.

自畵像

산모퉁이를 돌아 논가 외딴 우물을 홀로
찾어가선 가만히 드려다 봅니다.

우물속에는 달이 밝고 구름이 흐르고
하늘이 펼치고 파아란 바람이 불고 가
을이 있습니다.

그리고 한 사나이가 있습니다.
어쩐지 그 사나이가 미워져 돌아갑니다.

돌아가다 생각하니 그 사나이가 가엾어집
니다. 도로 가 드려다 보니 사나이는 그
대로 있습니다.

다시 그 사나이가 미워져 돌아갑니다.
돌아가다 생각하니 그 사나이가 그리워집
니다.

죽는 날까지 하늘을 우르러
한 점 부끄럼이 없기를,
잎새에 이는 바람에도
나는 괴로워했다.
별을 노래하는 마음으로
모든 죽어가는 것을 사랑해야지
그리고 나안테 주어진 길을
거러가야겠다.

오늘밤에도 별이 바람에 스치운다.

1941, 11, 20,

하늘과 바람과 별과 詩

—童舟—

鄭炳昱 兄 앞에.

尹東柱 呈.

윤동주 친필원고